卑弥呼とよばれた少女

森山光太郎

朝日新聞出版

目次

人物紹介

大和《やまと》

御真木《みまき》入日子《いりひこ》　大和の大王《おおきみ》。神武《じんむ》を称したのち、崇神《すじん》と改める。
吉備《きび》津《つ》彦《ひこ》　大和の領袖の一人。北方征討の総大将を担う。
丹波道主《たにわのみちぬし》　大和の領袖の一人。西方征討の総大将を担う。
左智《さち》彦《ひこ》　大和の政を司る。大陸魏《ぎ》に生まれ、長髄《ながすね》の邑《むら》に育つ。
大彦《おおびこ》　吉備津彦の執事。大和の領袖の一人。
十夜《とよ》彦《ひこ》　丹波道主麾下《きか》。逃した翡翠命を狙う。
犬飼健《いぬかいたける》　吉備津彦麾下、三人衆筆頭。
楽々《ささ》森彦《もりひこ》　吉備津彦麾下。三人衆の一人。
留玉臣《とめたまおみ》　吉備津彦麾下。三人衆の一人。

邪馬台《やまたい》

翡翠命《ひすいのみこと》　長髄の邑の姫。生きるため、御真木に抗うことを決める。
右《う》滅彦《めつひこ》　翡翠命の守り人。死ぬ間際の登美毘古より、未来を託される。
九重彦《ここのえひこ》　熊襲《くまそ》の大王。翡翠命に覇王の器を見ている。
張政《ちょうせい》　大陸の市人《いちびと》（商人）。

隼人《はやと》

菊地彦《きくちひこ》　隼人の大王。翡翠命と戦うため、弟から隼人の王位を奪還する。

日向《ひむか》　隼人の政を司る。大和の脅威を跳ね返すため、菊地彦を迎え入れる。

切嶼武《きりしまたける》　隼人の軍将。若くして菊地彦に才を認められる。

その他

登美毘古《とみびこ》　長髄の大王。突如攻め寄せた大和の大軍と戦い、戦死。

左慈《さじ》　魏国の薬師《くすし》。翡翠命の師。大和から翡翠命を逃し、戦死。

伊實彦《いさねひこ》　末盧《まつろ》の大王。

大蛇武《おろちたける》　越国《こしのくに》の大王。

帥升《すいしょう》　かつての倭《わ》の覇者。その死が倭国大乱を引き起こす。

弓上尊《ゆみかみたける》　帥升とともに、邪馬台の軍旅を率いた武人。

天草主《あまくさぬし》　弓上尊麾下の軍将。

時津主《とぎつぬし》　投馬《とうま》の軍将。

難升米《なしめ》　多祁理《たけり》の姫。大和に郷里を滅ぼされ、倭へと逃れる。

壱与《いよ》　難升米の妹。

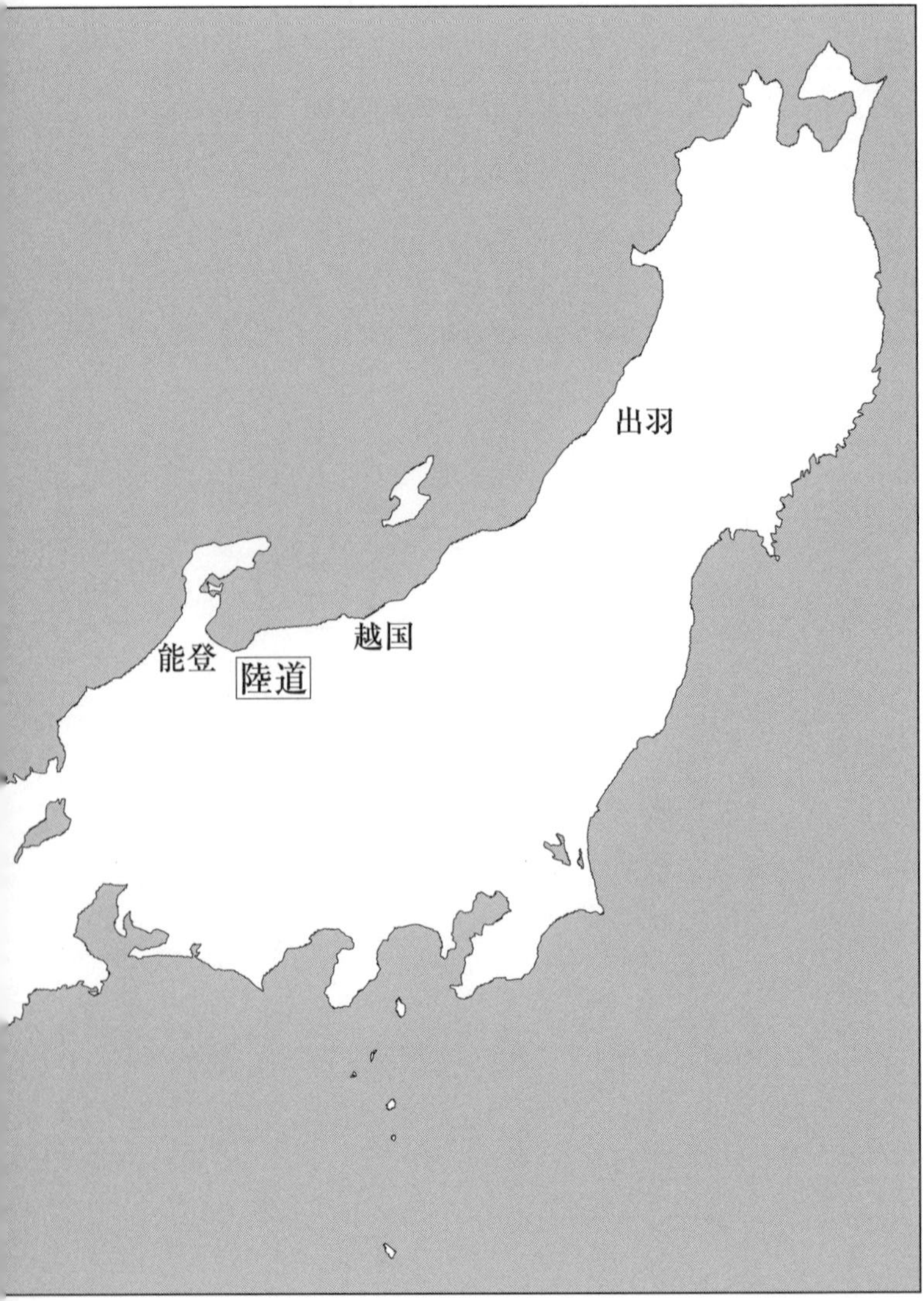

出羽
越国
能登
陸道

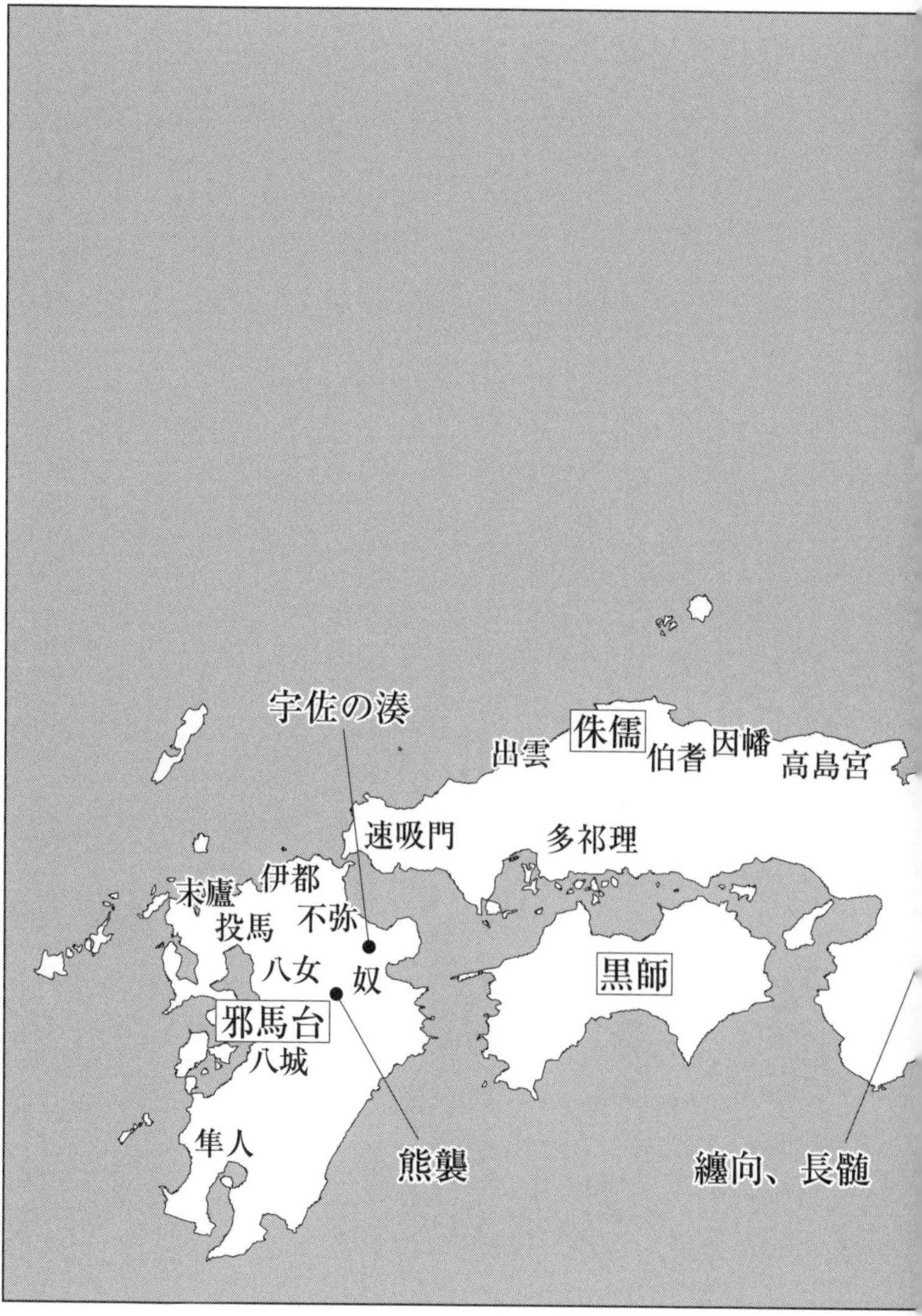
宇佐の湊
出雲
侏儒
伯耆
因幡
高島宮
速吸門
多祁理
伊都
末盧
投馬
不弥
八女
奴
黒師
邪馬台
八城
隼人
熊襲
纏向、長髄

装幀　bookwall
装画　pomodorosa

卑弥呼とよばれた少女

序

親魏倭王《しんぎわおう》。

現存する証拠があるわけではないが、魏の皇帝から邪馬台国《やまたいこく》の女王卑弥呼《ひみこ》に与えられた金印には、そう刻まれていたという。

陳寿《ちんじゅ》が記した『三国志』魏志東夷伝《ぎしとういでん》の中に見える記述であり、女王卑弥呼を歴史上の人物としてわれわれ日本人が認識する最大の所以《ゆえん》でもある。

卑弥呼とは何者か——。

これは古代へと歴史探究の視線を向けた時、誰もが一度は抱く問いかけではないだろうか。

魏へと使者を遣わし、ただの一度だけ歴史に名をあらわす女王は、いったい誰であったのか。

其国本亦以男子為王住七八十年倭国乱相攻伐歴年乃共立一女子為王。

『その国、もとは男子をもって王となす。国を治めること、七、八十年。倭国は大いに乱れ、終わらぬ戦が続いた。ゆえに、彼らは一人の女子を王となす』

もとは男の王が治めていたが、倭国は戦乱の世へと向かった。出口の見えない戦の世から抜け出すため、倭国の民は一人の女王を求めたと東夷伝は記す。

古代の倭国にあって邪馬台国の女王卑弥呼は、いかなる力を持ち、いかなる敵と戦ったのであろうか。

卑弥呼が現れたのち、倭国は三十年もの間続いていた大乱が収まったとされる。

なぜ、卑弥呼は三十年にもわたる戦乱を収めることができたのか。

いいいい、

収めなければならなかったのか。

ここに、卑弥呼とは何者なのかを考えるきっかけがある。

卑弥呼が倭を収めた時代、それは同時に一つの家が始まった時代だ。

神倭伊波礼毘古命《かむやまといはれびこのみこと》を始祖とするその一族は、どこからともなく不意に現れ、纏向《まきむく》（現在の奈良県桜井市）を制した。強大な騎馬民族でもあったという一族は、圧倒的な武力を背景に、この国をあまねく王権のもとに置いたという。

記紀は、その様を天孫降臨と記している。

神倭伊波礼毘古命。

またの名を、神武《じんむ》天皇という。

卑弥呼はいかなる敵を迎え、倭を統《す》べる者となったのであろうか――。

海中にあり

新たな年を告げる鐘が、高らかに鳴り響いた。

城塔に連なる黄色の流旗は、遥か天空から吹き下ろす風を受け、新たな年を寿《ことほ》いでいるようでもある。

景初《けいしょ》二年（西暦二三八年）。

かつての栄華を取り戻したかのような洛陽《らくよう》に、新たな陽の光が差そうとしていた。

東の空がゆっくりと茜色に染まる。宵闇の瞼《まぶた》が静かに開けられたとき、洛陽の街並みには百万の民の声が渦巻いた。あちこちから鳴り響く爆竹の音は、妖《あやかし》を退散させ民に幸をもたらすのだという。

色鮮やかな臙脂《えんじ》の深衣《しんい》が、風に揺れた。

道を行く者を遮るような強い風が洛陽の街にあふれ、一人の少女が右腕で顔を覆った。砂ぼこりを巻き上げた風がやみ、少女が腕を下ろしたときだった。

露わになったその瞳から、刺すような強い光がこぼれだした。

新たな年を祝う日には、あまりにもそぐわないものだが、少女のまわりには、同じような瞳をする者たちが、そこかしこで拳を握っていた。

杖をついた翁が、脚を震えさせながらも宮城に近づこうとしている。剣を握りしめた壮年の武人が、空を見上げている。

皆、戦乱に倦《う》んでいる。

少女の呟きが風に乗り、天へと舞い上がった。風を見上げる少女の視界の中で、一羽の鷲が巨大な羽を広げると、その祈りを運ぶかのように、遥か地上へと滑空していった。

往古、董卓《とうたく》によって焼き滅ぼされた洛陽を再建しようと、武王《ぶおう》（曹操孟徳《そうそうもうとく》）より始まった造営は、孫の代でようやく大成を迎えていた。焼野原であった街並みから、見上げるほどの宮城を造り上げた人の業を、空を摑む猛禽《もうきん》は永く見てきた。

洛陽の街並みは、大きく変わった。

だが、宮城へと運ぶ民の想いが変わることは、この二十年余ついになかった。

閶闔門《しょうこうもん》をくぐり、朝堂に進む者たちの頭上を追い越し、流れるように猛禽が朝堂の中に滑りこんだとき、ひときわ大きな銅鑼《どら》の音が二つ響いた。

空の震えを感じた鷲が羽ばたきを止めたのは、広大な中華の大地にあって、ただ一人のみが座ることのできる龍椅《りゅうき》の背だった。

左右の壁には黄の絹布が垂れ、黄金の装飾が陽の光を受けて輝いている。青みがかった石畳は、遠く揚州《ようしゅう》から運ばれたものだという。豪奢の限りを尽くした風光は、龍椅に座る者の権勢を物語ってあまりあった。

銅鑼の余韻が壁に吸いこまれ、千を超える群臣の中に静寂が広がった。

しんとした朝堂に、二つの足音が響いた。

宗室の誇りを顔に浮かべる男はまだ若く、だが堂々たる立ち姿は若き頃の武王を彷彿させると言う者もいる。魏を導く覚悟を身体に漲《みなぎ》らせた若者の名は、曹爽昭伯《そうそうしょうはく》という。

居並ぶ群臣から見て龍椅の左側に並んだ若者は、正面に立つ老人に頭を下げた。

白い髪の中に、一筋の黒いものが残っている。触れてはならぬような気配を醸し出す老人こそ、魏を支え、そして中華を導く覚悟を握りしめた英雄だった。

司馬《しば》懿仲達《いちゆうたつ》。

その名こそ、天下三分を創り出した英雄の二人までが薨じ、彼らを下界の駒となした諸葛亮《しょかつりょう》なき普天にあって、中華に泰平をもたらしうるただ一人の男の名だ。

若者と老人がかしずき、鷲が翼を広げた。

刹那、銅鑼の音が鳴り響き、消えた。

足音が一つ、立ちどまり、苦しむように前に出る足音が静まり返った宮中に響いた。

居並ぶ千の群臣を見やる視線が若者と老人をなで、そして天へと向けられた。

残された時は、あまりに少ない。

こみ上げる咳を堪えた足音の主は、翼を広げた猛禽をなでると、ゆっくりと龍椅へと腰を掛けた。なぜ、人の宿世はこうもままならぬものなのか。目を伏せる群臣の瞳が地を捉えて離さぬことを確かめ、男は口もとを袖で拭った。

漆黒に近い青のなかに、鮮やかな朱の筋が伸びた。

未だ、蜀漢《しょくかん》を討てず、孫呉《そんご》を降せず。民の泰平はいずこにあるのか。果たして泰平などというものがこの世にあるのか。

翼を閉じた鷲が、民の祈りを伝えることが務《つとめ》と言わんばかりに、龍椅に座った唯一の男へと嘴《くちばし》を近づけた。

それは、皇帝として座る曹叡元仲《そうえいげんちゅう》の、唯一の友だった。

出会いは旧《ふる》い。仙人を自称する胡散臭《うさんくさ》い男から贈られ、ともに育ってきた。甘えるように耳を甘嚙みした友の翼をなで、曹叡は左にかしずく司馬懿へと視線を向けた。

父は戯言《ざれごと》と切り捨てておられたが、私は未だに信じているのだ。

心の中で呟いた言葉は、かつて父と司馬懿を前に、遥か東方へと旅立った左慈《さじ》と名乗る老人へ向けたものだった。空を見上げ、そして友を見た。

お前は老人たちの行方を知っているのか。

曹叡の問いかけに、白い尾をすぼめた鷲が所在なげな顔をした。

知るはずもないよな。お前はいつも私の傍にいたのだ。慈しむようにその翼をなで、曹叡は立ち上がった。

「司馬太尉《たいい》」

曹叡の声に、司馬懿は伏した目をさらに下げた。

皇帝として立つ者の瞳は、何かが違う。それは司馬懿が昔から思い続けてきたことであった。

即位したばかりの曹叡には、今のような威風はなかった。前帝である曹丕《そうひ》から向後のことを託されたとき、獲ろうとしたことのない果実が、転がりこんできてしまうと恐怖したことを未だに覚えている。

だが、皇帝として即位した曹叡は、僅かの間に見違えるほどに大きくなった。

希代の英傑である曹操孟徳と肩を並べて戦ってきた猛者たちを麾下《きか》におきながら、瞬く間に群臣たちの才を越え、呉や蜀との戦において司馬懿を幾度も唸らせた。

いまだ、才で劣るとは思わない。

だが、越えられぬ。

病に蝕まれ、騎乗することもままならぬ身体となった曹叡だが、それでも、いやそうなってからこそ、その威風は抗いがたいほどのものになっていた。

唯一の場所に立つ者は、己とは何かが違う。

若く傲慢なだけの曹爽などは相手にならぬ。そう断じて万人も認めるであろう老人の姿に、曹叡は苦笑を向けた。

「楽浪《らくろう》（朝鮮半島北部）が騒がしくなっておる」

「御意」

直答を許されている司馬懿が答え、竜顔が視界に入らぬ程度に視線を上げた。

「蜀を討たねばならぬ」

「御意」

皇帝と太尉の言葉は、常に短い。

「呉を討たねばならぬ。その大義は、奈辺にあるのか」

静まり返った群臣の頭上に、曹叡の言葉が鋭く駆けぬけた。司馬懿がいかに答えるのか。息をひそめる群臣の姿に曹叡が溜息をついたとき、老人が石の床に拳を置いた。

「天下に泰平をもたらすためにございます」

揺らぎのない言葉に頷き、曹叡は一歩前に出た。

「三国の鼎立《ていりつ》は、つかの間の平穏を天下にもたらした。だが、それは所詮つかの間のものにすぎなかった」

「世は、泰平を求めております」

「いかに、敵を討つ？」

皇帝の問いかけに言いよどむことは赦されない。

それを知っていてなお、曹叡の問いかけは難しいものだった。百戦をくぐり抜けてきた老人でさえもいまだ口にできぬものだ。曹爽であればなおさら。

身を竦ませる二人の麾下に、曹叡は司馬懿の背後へと心を飛ばした。

陽の昇る方角だ。

「かつて父を前に、結ぶに足る材能を探すと告げて、旅立った者がいた」

小さく、呟くような曹叡の言葉は、かろうじて老人に届くほどのものだった。若き曹爽が怪訝な表情をし、司馬懿は眉間に皺を寄せた。

それは、司馬懿が気にも留めていなかった翁のことだった。だが、思い出した記憶に滲む示唆を思い、司馬懿は肺腑の奥から息を吐きだした。

一から十を知るのが司馬懿という男だ。自分の言葉に、全てを察したことを知り、曹叡は頬に笑みを浮かべた。

「もう一度言う。楽浪が騒がしくなっておる」

若き皇帝が望む言葉は何なのか。司馬懿は地につけた拳を宙に浮かし、ゆっくりと開いた。何故、こうも自分の前に立つ者は、遥かな高みに在るのか。唯一の地に立つということは、いかなることなのか。

老人の心の声は誰にも聞かれることなく、掌から空気の中に散った。

「公孫淵《こうそんえん》を、滅ぼしてまいりましょう」

司馬懿の言葉に、曹叡は満足げに頷いた。

「道を拓くがよい」

「御意」

全てをつかさどる皇帝と、軍をつかさどる太尉の短き言葉が交わされてから一月後、洛陽を出陣した大軍が矛先を向けたのは、遥か東北の地だった。

魏に臣従しながら呉と結び、今また魏へと叛旗を翻した公孫淵を討つ。楽浪郡と帯方郡《たいほうぐん》（現在の韓国ソウル）を支配する公孫淵は、愚かにも燕王《えんおう》を称してもいる。討つべき大義は十分だった。

だが、公孫淵など老人の眼中にはなかった。

三軍を率いる司馬懿仲達の視線にあるものは、その瞳を借りて皇帝曹叡が見据えるものは、たった一つの伝えられし国の名だった。

遥か東、その国は海中にあるという。

楽浪郡は、そこに至るための道程にすぎぬ。

十余年前に旅立った老人と童子《わらべこ》の道を想いながら、司馬懿は馬上で東からの風に目を細めた。

覇者の弓

一

老人が一人、蜻蛉《とんぼ》が浮かぶ畦道《あぜみち》に転がっていた。

すでにこと切れていることは一目でわかった。身なりは粗末で、上衣の隙間から見える胸は骨が浮き出ている。食物を求めてさ迷ったのか、それとも邑《むら》の若子に口減らしのため打ち捨てられたのか。

「これが倭《わ》か」

宇沙《うさ》の湊（現在の大分県宇佐市）から独り旅してきた。

南の隼人《はやと》（現在の鹿児島県）へ向かって二百里（百キロメートル）ほど歩いたばかりだが、同じような骸《むくろ》を数えれば両手両足でも足りない。

ただよってきた腐臭に顔をしかめ、菊地彦《きくちひこ》は舌打ちした。

「たった二十年でこれほどまで変わるものか」

誰に問いかけるでもない言葉に、蜻蛉が飛び去った。水が枯れ、ひび割れた田の底を踏みしめ骸に近づいた菊地彦は、老人の瞳を覗き込んだ。

真っ白な瞳だ。

何も映さぬ瞳に、菊地彦は聞いてみたかった。最後に老人が見た光景は何だったのか。老いた自分を抱え、そして打ち捨てた子供の背中か、それとも子供たちが飢えずに暮らすことのできる後世の姿か。

「帥升《すいしょう》、これがあんたの死の末路だとすれば、到底笑えぬぞ」

それは皮肉でもなんでもなかった。

かつて憧れ、仰ぎ見た倭の覇者の名を呟き、菊地彦は茜さす西の空に視線を向けた。

帥升という大王《おおきみ》がいた。

率いる軍は精強で、率いる国は豊かさに包まれていた。邪馬台《やまたい》（現在の熊本県北部）の大王として颯爽と現れた英雄は、またたく間に倭の全土を席巻し、倭の民に泰平の夢をちらつかせた。

その結末がこれか。

片膝を乾いた地面につけると、臭いがきつくなった。

二十年前、倭の統一を目前にして毒に死んだ帥升は、結局何ひとつ成し遂げられなかったのだ。

帥升の死後、無数の小国に分かれた倭は、血で血を洗う大乱が二十年にもわたって続いている。

昨日までの友の背を剣で裂き、飢えをしのぐために親を殺し、泣き叫ぶ赤子を谷の底に投げ入れる。豊かさへの羨望は憎悪へと変わり、一握りの稗を持つ者は朝陽を見ることもできずに死んでいく。

あんたが望んだ世がこれだというのか。

倭に泰平をなどと高尚なことを言いながら、あっさりと死んだ覇者への罵倒を口にするか迷い、菊地彦は息を呑みこんだ。

自分は、そんな帥升の麾下《きか》の一人にすら勝てなかったのだ。

二十年前、邪馬台の陣に忍び込んだ菊地彦は、帥升の軍にあって常に先陣を任されていた男と剣を交え、そして敗れた。

隼人にあって敵う者なしと謳《うた》われていた自分ですら勝てない。倒れた時に見上げた青空に感じたのは、やがてこの男たちが倭を統一するのだろうという確かな予感だったのだ。

あれほどの男たちが切望し、戦ってなお成し遂げられぬ。

二十年前に身体を貫いた衝撃が、菊地彦を倭から飛び出させた。強くなる必要がある。誰よりも強くなる必要が。帥升の麾下など歯牙にもかけぬほどの強さがいる。

震えるほどの願いをもって二十年、戦場を放浪してきた。

だが――。

一つかみの土を持ち上げ、老人の身体の上に撒いた。風に揺れた土埃がすっと流れた。

「俺は、あんたたちを越えられたのだろうか」

目の前の老人を救えるような何者かに、自分はなれたのだろうか。声に出した言葉の答えは分かりきっていた。

歯を食いしばり、菊地彦はその巨軀《きょく》を折り曲げた。

長い影が短くなった。

二十年さ迷った戦場には、何もなかった。菊地彦を打ち負かした帥升の麾下どころか、菊地彦と並ぶほどの者もどこにもいなかった。背に負う大剣を振れば、向かい合った者は瞬きのうちに死んでいた。

一年が過ぎ、二年が過ぎた。そこからはあっという間だった気がする。五年が過ぎ、十年が過ぎ、いつしか重ねた齢は三十をいくつも越えていた。

仰ぎ見た男たちすら越えられぬまま、自分は死んでいくのか。そう思い始め、生きることにすら倦《う》んでいた。

瞼を閉じたとき、暗闇の中に浮かぶ円形の炎が滲んだ。

生きることにも倦んでいた。

だからこそ、あの出会いは奇跡のようにも思えたのだ。

衝動のままに倭を飛び出して二十年、初めてだった。向かい合った少女を前に、菊地彦は一歩も動くことができなかった。動けば、殺されるかもしれぬ。二十年、探し求めていたものの姿に、早鐘をうった鼓動を今でも覚えている。

ただ一人、少女は丘の上に立っていた。

「亡国の姫か」

藍色の単衣を身にまとい、たずさえる剣は装飾も何もない武骨なものだった。

大剣を振れば、両断できそうなほどに華奢な身体だ。だが、それでも少女からただよってきたのは、自分が斬り倒される気配だった。

探し求めていた者が、まだ二十歳も越えぬ少女だとは想像もしていなかったが、年少だからといって侮ることなどしなかった。

強い者は強く、弱い者は弱いのだ。

少女は長髄《ながすね》（現在の奈良県桜井市）という邑の出だった。

国は豊かで、民を慈しむ大王登美毘古《とみびこ》は、その名が遠く倭の地まで届くほどの権勢を誇っていた。翡翠命《ひすいのみこと》は登美毘古の一人娘であり、少女の従者の話では、幼い頃から将来を嘱望されていたという。

もしも少女が長髄の邑を継ぎ、それを望んだとしたら、あまねく天下を手中にしたかもしれない。丘の上で見た翡翠命は、菊地彦にそう納得させてしまうほどの偉容であった。

だが、菊地彦が出会った少女は強国を率いる将でもなければ、民を優しく抱擁する女王でもなかった。

少女は何も持っていなかった。

傍に仕えるぼろきれのような従者一人を除けば、長髄の後継者たるべき力は何一つ持っていなかった。追手に追われ、西へ西へと逃げる旅路の途中で、少女は菊地彦の前に現れたのだ。

遠雷が落ちた。

雨は遠い。だが、もうしばらくすれば痛いほどの雨粒が全身をうつだろう。立ち上がり、菊地彦は膝の土を払った。

少女を追っていたものは、大和《やまと》という強大な何ものかだ。

「遠雷と同じだな」

不意に鳴り響き、世界を震え上がらせる。先ほどから気配は感じていた。土地の者ではない菊地彦をつけていたのだろう。まだ若く、だが、その瞳は卑しい光が灯っている。

悪賊か、近くの邑の者たちなのか。

どちらでもよかった。男たちが手にする銅剣を見れば、身の程知らずにも菊地彦を襲おうとしていることが知れた。

「さて」

背の剣を摑み、ゆっくりと振り上げた。その巨大さに、男たちの中に気後れに似たものが滲んだ。

大和なる一団が何ものであるかは、よく知らなかった。だが、その強大さは身に染みている。

半年ほど前、突如として長髄の邑に現れた大和は、御真木入日子《みまきいりひこ》と名乗る大王によって率いられていた。長髄を蹂躪《じゅうりん》し、登美毘古をはじめとして彼の地に暮らしていた民を鏖殺《おうさつ》した大和は、その地に新たな国を創り出した。

高島宮《たかしまのみや》（現在の兵庫県西部）でその報せに接した菊地彦は、はじめ何かの誤りだと思った。

一夜にして国を滅ぼすなど、考えられることではなかったし、何よりも登美毘古という大王はそれなりに強い男だった。長い旅の中で、戦えば苦戦するだろうなと思った数少ない相手でもあったのだ。

詳細な報せが入り始めたのは、それから一月も経ってからだった。

神武《じんむ》という神の末裔を名乗る御真木は、この世をあまねく支配することを目論み、各地に強大な征討軍を向け始めた。菊地彦が足を休めていた高島宮も、大和の軍の足音に怯えきっており、吉備津彦《きびつひこ》や丹波道主《たにわのみちぬし》などという征討軍の将の名も聞こえてきた。

「お前たちも、鏖《みなごろし》になるのか」

十歩の距離まで近づいてきた男たちが怪訝な顔をした。この者たちは、大和の名も聞いたことはないだろう。

苦笑し、息を吐きだした。

大和の軍は、信じられぬほど精強で、率いる将はこの世の者とは思えぬ程に狡猾だった。率いる国も強く、御真木の傍で政をしきる男は、大陸伝来の知恵をもって、大和をこれまでなかった国へと導き始めている。

向かい合った軍の将は、丹波道主という男だった。狡猾で残忍な男であり、北への征討の将である吉備津彦とは、また違う強さを持っているという。それだけでも、彼らを従える御真木という男の器が窺えるようだった。

高島宮の軍勢を率いた菊地彦は、徐々に後退させられ、海のすぐ傍の丘に追い詰められた。ここで死ぬのか。

包囲され炎の壁に包まれたとき、菊地彦の心に滲んだのは、わずかな後悔と、大きな安堵だった。生きることに倦んでいた。帥升の影を追いあてのない旅を二十年も続けてきたのだ。雲を摑むような旅がようやく終わる。登美毘古を斃《たお》した御真木や吉備津彦という男たちと打ち合えぬことは心残りだったが、向かい合った丹波道主という男を見れば十分だった。

丹波道主は、帥升に遥かに及ばない。

狡猾な戦はする。敵への容赦のなさも申し分ない。だが、それは新たな敵を作るだけの愚かな所業でしかないと、菊地彦は知っていた。この男たちは、天下を統《す》べることはできるかもしれない。

だが、間違いなく泰平をもたらすことはできない。

現れた大和という強大なものも、菊地彦が辿り着きたいと思った場所にはいないと悟るには十分だった。この世には、菊地彦が望む地など、最初からなかったのだ。

炎に包囲され、徐々に追い詰められていく丘の上で剣を地に突き立てたときだ。

湿った潮風に鼻をこすった。

一人の少女が立っていた。

いつ現れたのか、どうやって現れたのかも分からない。だが、その少女は立つべくしてその場所に立っていた。

大和に郷里を滅ぼされた少女が剣を振り上げたとき、全ての視線が集まった。大和の追手に追われ、生きるためには大和を打ち砕くしかないと覚悟した少女は、燃えさかる丘の上に立ち、それまで敵味方に分かれて戦っていた者たちを一声のもとにまとめ上げた。

ほんのひと時前まで殺し合いをしていた者たちだ。ともに戦うなど、およそありうべからざる者たちをまとめ上げた姿に、菊地彦は全身の毛が逆立った。

帥升は勝者を率い、敵を滅ぼすことで強大な力を手にした。

大和の御真木という男も、同様だ。麾下に勝利を与え、敵を殺し続けることで、まとめ上げた。

だが、菊地彦が目にした翡翠命という少女は、それまで戦っていた敵も味方もひとしくまとめ上げ、自らの力とする術《すべ》を知っていた。

息が止まるほどの衝撃だった。

戦えば自分が斃されるかもしれぬほどの力を持っている。それほどに強い力を持っていながら、敵すらを抱擁し動かすことができる。それは、かつて帥升の死によって菊地彦が望み、二十年間探し続けていた力そのものだった。

その瞬間、生きることに倦んでいた心が、嘘のように澄み渡った。

この少女を知りたい。この少女を知り、そして越えることこそが、自分の道ではないか。

『火神子《ひみこ》として倭を統べ、いずれ押しよせてくる大和を迎え撃つ』

菊地彦たちを大和の包囲から救い出し、そう宣言した翡翠命の姿に、菊地彦は失われていた闘志が燃え上がるのを感じた。

国を率いる少女と全力で戦いたい。戦わねばならぬ。そうせねば、自分の生涯は塵芥《ちりあくた》のごとく意味のないものになってしまう。

そう思ったからこそ、辿り着いた宇沙の湊で、翡翠命のもとから姿を消した。

今はまだ力なき少女でしかない。だが、確信があった。翡翠命は間違いなくわずかのうちに強大な力を手に入れ、倭の地に大嵐をもたらす。

国を率いる少女と戦うためには、自分もまた力がいる。

「やめておけ」

すぐ目の前で銅剣を振り上げた若い男に声をかけた。腹を空かせているのか、弱々しい剣閃を摑むのは容易いことだった。

「いずれ、お前たちの力も借りねばならぬときが来るかもしれぬ」

物の怪を見るような目で震える男に鼻を鳴らし、菊地彦は首を振った。

「お前たちも、弓を下ろせ」

菊地彦に剣を向ける男たちのさらに外側、振り返った男たちが腰を抜かした。銅剣がばらばらと落ちる音が連なり、その瞳には命を懇願する怯えが浮かんだ。

弓を構えた兵が十四人。全員が顔まで隠れる上衣に身をつつみ、宙に浮かぶ鏃《やじり》は命を獲ろうと光っている。

その中の一つが、菊地彦に向けられていた。

不意に風が哭いた。唸りをあげる弓勢は尋常のものではない。息を止め、眉間のすぐ先で摑んだ矢の羽根が、上下に揺れた。

「手荒いな、日向《ひむか》」

試す癖は昔からだった。弓を下ろした男が、顔を隠していた布を取り去った。

「錆びついてはおられぬようですね」

黒く長い髪を背でまとめる日向には、昔の面影はほとんどない。かろうじて耳だけは幼い頃のままだ。冷酷というよりは冷徹さの色が濃い日向に苦笑したとき、弓を持った兵たちが一斉に跪《ひざまず》いた。

日向もまた、中央で跪いている。

「お迎えに上がりました。大王」

隼人の政《まつりごと》を司る男の言葉に、菊地彦は鼻を鳴らした。

少女と戦うには、国の力がいる。そのためには、隼人の王位に就いている弟を討ち、その地位を取り戻す必要がある。

二十年前、帥升を越えて戻ると言った菊地彦の言葉を待ち望んでいた者たちがいた。日向もその一人だ。

「待たせたな」

菊地彦の言葉に、日向が頷いた。

雨の気配が強くなった。そう感じた瞬間、大粒の雨が世界にあふれた。

二

各地の鎮圧に向かっていた軍勢が、次々と三国《みくに》（現在の福井県坂井市）に戻ってきた。

三段組の櫓《やぐら》から見渡せる景色の中には、若々しい緑の芽吹きにまじり、砂埃を上げて進軍する麾下の軍勢が長大な列をなしている。

冷たい風にあたりながら、炊きたての白米を櫓の上で食べる。

それが、近頃の吉備津彦の日課となっていた。湯気のたつ白米の上に、皮が焦げる寸前まで炙った鮭が二切れ。纏向《まきむく》（現在の奈良県桜井市）の都で食べる飯よりも、随分と味がしっかりしている。

白米に息を吹きかけた。

三国を陸道《くがのみち》（現在の北陸地方）征討の拠点と決めて、一年が経とうとしていた。国造《くにのみやつこ》として左《さ》智彦《ちひこ》が進めてきた、大和への同化は順調なものだ。

もとは一本の堀に囲まれた砦の一つでしかなかった。だが、今では背丈の倍はある塀が二重に張り巡らされ、道幅は人が二十人並んでも広く感じるまでに拡張されている。

邑の道は朝夕、民の姿であふれていた。

この一年で三国は北方でも、群を抜いた邑に変わろうとしていた。まず大きく人が増えた。人が増えれば市の規模が大きくなり、各地から集う市人《いちびと》の数も多くなる。彼らが夜を過ごすための旅宿《たびやどり》が整えられ、そこからまた市が栄えていく。

言葉を次々と現実のものに変えていく左智彦の差配は、まるで手妻を見ているようでもあった。民が増えれば諍いも増える。三国に集うのは、大和の軍兵と臣従した山の民や陸道の民といった敵であった者たちなのだ。だが、左智彦の整えた勝者と敗者を分け隔てなく包む則《のり》は、もとより勝者を認める北の民の心柄《こころがら》を震わせた。

この一年、些細《ささい》な諍いは起きたものの、大和へ叛乱を起こした者はいない。

北の経略は吉備津彦こそが適している。そう言った左智彦の慧眼《けいがん》だった。残虐さに傾きすぎる丹波道主では恨みが蔓延し、国造りは到底かなわなかっただろう。

「よく身体がもつものだ」

邑の整備と並んで、左智彦は纏向からの兵站《へいたん》線の確立にも心血を注いでいた。

よくもまあ、それほど頭が回るという思いで見ているが、指揮している左智彦本人は大したことではないと笑う。人が輝く場所は人それぞれだ。左智彦を見ているとその思いが一層強くなった。

塩辛い唇を手の甲で拭い、吉備津彦は竹筒の水を飲みこんだ。

櫓に一人昇ってきた。北の征討をともにして一年、一度たりとも刻限に遅れたことはなく、猛吹雪が吹こうと兵糧や弓矢の移送は完璧だった。

梯子《はしご》に手をかけ息を切らす左智彦に手を差し伸べ、一息に引きあげた。

「ありがとうございます」

「不眠不休でも息切れしない男が、短い梯子一つで息を切らすとはな」

「使うものが違いますからね。昔から、動くのはそれほど得手ではありませんでした。くわえて今は、足が不自由ですから」

もとは敵側の人間だった。その右足は、大和が長髄の邑を攻め滅ぼしたおりの戦で失われており、義足と杖がなければ歩けない身体になっていた。

「もう、それ以上よくなる気配はないか？」

右足を投げ出し、左智彦が微笑み頷いた。

「山の民に教えられた秘湯にも通ってはいるのですが」

羨望が顔にでたのか、左智彦がにやりとした。

「湯からの景色は絶景です。断崖の上から、荒れ狂う北の海を一望できます。その眺めを楽しみに、時折。それに治らぬが良い傷もあるかもしれない。近頃はそう思い始めてもいます」

「癒せぬ傷が教えてくれることがあるのは、確かだが。お主にとっての教えは？」

つかの間、左智彦が考えるように唸り声を上げた。

「教えと言ってしまうと違うような気もしますが。栄える者は、滅びる。この傷は、それを私に囁きかけてきます。大陸とこの地の知。全てを知った気になっていた私にも、知らぬことがあった。ゆえの滅び。同じ轍を踏まぬための戒め、ですかね」

左智彦の父は大陸の高官だったという。父より伝えられた大陸の智とそれを柔軟に使う才は、敗者を認めぬ御真木入日子をして、唸らせるほどのものがある。

「大和もまた登美毘古と同様に滅びるかもしれぬと？」

「世を知ることを怠れば。ゆえに、私は世への耳目を広く、大きくしようと努めております。父より継いだ大望を果たすためにも、大和を強大な国家《くにいえ》にしなければなりませぬ」

強き国を創りあげ、使人《しじん》として郷里である魏《ぎ》へと帰る。もとは左智彦の父左慈《さじ》に与えられた務《つとめ》だったという。左慈は大和が長髄を滅ぼした折、長髄の大王登美毘古の娘である翡翠命を護って死んでいた。

父親を尊敬しながらも、その愛が他者へ向かったことに目の前の青年は妬心を抱いている。それが大和の中枢を担う力になっているのだと御真木が語ったことがある。

父の務を果たすのは、実の息子である己と誓っているのか。翡翠命への妬心を恨みへと育てるために、御真木は左慈の死を左智彦に伝えた。

気まずさに視線を下げたとき、左智彦の胸の装飾に目が留まった。髪飾りなのか。単衣の左右を結ぶ場所に挿された赤銅色のそれは、思い返せば出会ったときから着けていた。

「その髪飾りは？」

吉備津彦の問いかけに、左智彦が目線を下げ、こめかみを掻いた。

「好みの女《おみな》を見かけたとき、渡すものがなければ困るでしょう」

戯言《ざれごと》を言わぬその顔に、どこか寂しげなものが滲んだことを、目の前の青年は気づいているのか。

触れるべきか、触れぬべきか。この一年で随分と親しくなった男をもっと知りたいと思う気持ちと、いずれ話してくれるのを待つべきだという思いがない交ぜになった。

「頭の良い男は、考えることが違うな」

誤魔化すように言った言葉に、左智彦が髪飾りを握りしめた。

気づかぬふりをして、視線を三国の街並みに向けた。

「三国は大きく変わったな。道が広く、そして平坦に整えられた」

ぎこちない空気をふり払うように、左智彦が深く頷いた。

「道こそが、戦の要です」

「まさしく。軍旅（軍勢）の移動。兵糧の移送。全てにおいて、整えられた道は無駄を排する。

一年前、ここを攻め落とした犬飼健《いぬかいたける》たちを前に、一度更地にしろと言ったお主の言葉は今でも覚えている。三人とも、目を血走らせていた」

「陸道を攻めるだけならば、砦のままでもよかったのでしょう」

左智彦の視線が、東北の梢《こずえ》の中に向けられた。小鳥が三羽、空へと舞い上がった。

「我らは越国《こしのくに》（現在の新潟県南西部）を降し、そして西の侏儒《しゅじゅ》（現在の鳥取県、島根県）への征討を果たさねばなりませぬ。そのためには、三国を纏向に劣らぬ邑へと整えねばなりませんでした」

一年前の三国では長期にわたる戦を支えることは無理だったであろう。

三国を強化すべきことは吉備津彦にも分かっていたが、左智彦はそれを誰も思いつかぬような術で成し遂げてみせた。

その最たるものが、三国のあらゆる道に置かれた無数の篝火《かがりび》だった。

「三国を、夜も篝火絶えぬ街にすると言ったときは驚いた。敵の的になるだけだと」

「事実、犬飼健殿をはじめとして三人衆の方々には、幾度も奇襲を防いでいただきました。ですが夜の世、三国に火を灯すことにも意はありました」

纏向でも要所には篝火を常に焚いている。

だが、左智彦が進言したのは邑全体、全ての街路から塀の全周にわたる篝火の備えだった。邑の守禦《しゅぎょ》が敵に筒抜けとなる。楽々森彦《さ さ もりひこ》はそう言って真っ向から否をつきつけ、山の民征討以降、左智彦の言葉に口を挟まない留玉臣《とめたまおみ》ですら首を横にふった。

敵が来れば、追い返せばいい。

こともなげに言った左智彦の言葉を、最初に笑ったのは三人衆筆頭の犬飼健だった。戦場に生まれたかのような男だ。惚《ほう》け と揶揄されることもままあるが、楽々森彦と留玉臣も純粋さを認めている。

哄笑する犬飼健を抑え、吉備津彦は左智彦にその意図を聞いた。

由は二つ。人差指と中指をつきたて、左智彦が声を落とした。一つ目は三国が大和の治下にあると宣ずるため。攻めてきた敵との戦いは軍兵の調練になり、勝てば大和の強さを喧伝できる。

二つ目は、山を越える旅人に遠くからでも見えるような邑にするためだと言った。

人は、安寧を感じられる邑に集まる。そのために、闇の恐ろしさを打ち消すような明かりの街を創り出すと。

事実信じられぬ勢いで膨れ上がった三国の戸口を思えば、左智彦の言葉は的を射たものだったのだろう。まだ齢二十の半ばにすら達していない青年だ。その目に何が映っているのか、吉備津彦には時折分からなくなることがあった。

「今の有様にするにも、五年を要すると思っていた。それを一年で」

「私の功《いさお》ではなく、主上の差配の妙です。一つの邑の興隆は、周りの邑へ波及していきます。その余波がもっとも大きな地を、主上は見抜いておられます」

「纏向の宮城にいて、全てを見通されているのか」

「纏向からの指示を受けるたびに、私はかすかな恐ろしささえ感じます。主上は本当に人なのかと」

もとから御真木に対しては、底の知れない大きさを感じていた。

だが、纏向を都邑《とゆう》として大和の創建を宣じた頃から、それだけではない、人知を超えた恐ろしさも同時に感じ始めていた。

そしてそれは左智彦、お前にも感じるものだ。言葉にはせず、吉備津彦は目を細めた。

不意に左智彦が笑った。

「まあ、恐ろしいばかりではありませぬ」

「ほう」

「時折おもわず微笑んでしまうような指示もあります。三国を制圧した直後のことです。妓館《ぎかん》を作れとの指示がありました。死を身近に感じる軍兵は、命の根源を求めて女を求める。命がけで戦う軍兵のためにも、先んじてなせと」

戦を深く知る御真木だからこその配慮だろう。明日の命も知れぬ軍兵は、ときに非道に落ちる。

もっとも、その非道を敵に行うことを御真木は微塵も躊躇しない。それが御真木という男でもある。

厄神のごとき恐ろしさを敵にもたらし、麾下には父として母として頂に立つ。それこそが、御真木の大きさだった。

「理にかなったものです。妓館を作れば、食を購《あがな》える商いが生まれます。働く者があり、費《ついえ》を使う場がある。その二つが揃った地に、市人たちは集まります」

「三国の興隆は妓館からだったな。当時はお主の道楽とも噂されていたがな。まだ見ぬ女のために髪飾りを用意する男だ」

「心外ですね」

左智彦が肩を竦《すく》めた。

「この一年の間に、一度行っただけですよ。それも視察のためです」

「まあな。通っていたといえば、犬飼健の評は凄まじかった」

左智彦が後ろ髪を掻いた。

「吉備津彦軍きっての優男ですからね。中には絵に描いて懐に持つ者もいるとか」

「羨ましいな」

ぼそりと呟いた言葉に、左智彦が応じた。

「吉備津彦殿にもさようなな思いがおありなのですか」

「私だって男だ。だがまあ、それが妬心にならぬのは、犬飼健の質であろうな」

「一人の女の他には見向きもしないそうですね。それだけ想われれば、女冥利に尽きるというものでしょう。遠征から帰っても、真っ先に会いに行っておりました」

「それだ。左智彦。私よりも先にその女に会いに行っていたというからな。それでは他の者に示しがつかぬとして、大人げなくも怒ったわけだが」

　左智彦がくすりと笑った。

「その怒りも、噂となりました。女をその場に呼びつけ、諸将の前で祝言《しゅうげん》を上げさせるとは誰も想像しておりませんでした」

「三度目だった。初めに咎めたとき、これがあと二度続くようならば、公の場で縛りつけてやろうと心に決めていた。夫婦《めおと》という鎖にな」

「一世《いちよ》の奥津城《おくつき》（墓）と言う者もいますが。犬飼健殿にとっていかなるものになりましょうか」

　測るような左智彦の言葉に、吉備津彦は戦い方ががらりと変わった若き軍将を思い浮かべ頷いた。

「結ばれる前は女に会いたい一心で、征討も早かった。その早さが陸道を滅ぼす力となったのは間違いないが、次の敵は速戦で勝つには厄介な相手だ」

「結ばれた今は、そうだと？」

「腰を据えた戦をするようになった」

　口にした言葉が本当かどうかは、どうでもいいことだった。強いものは強い。変わったとしても、それは犬飼健がもともと持っていた別の強さということだ。

ただ犬飼健の幸せそうな顔を奪いたくない。そう思ったからこそ整えた祝言だった。

「ここまでは、難事なく進んでいる」

「難事なく」

左智彦の言葉が途切れた。風が吹き、遠い森から鳥が三羽、飛び立った。

「が続けば、良いのだが」

左智彦が目を細めた。口もとからは、浮かべていた微笑みが消えていた。視線の方角、吉備津彦も立ち上がり、竹筒に残った水を飲みほした。

「上手くいきすぎても、どこかで慢心が生まれるものだ」

東の山から、狼煙《のろし》が二本上がっていた。三人衆の一人、楽々森彦が向かった方角だ。黒々と青空に浮かぶ煙が、楽々森彦の変事を伝えていた。

「ようやく、出て来たようだな」

越国。陸道と並び称される大国が広がる東の空に、吉備津彦は頰を吊り上げた。

三

陸道各地に散らばっていた全軍を三国に結集させた。総勢一万三千を超える軍勢は、纏向を発したときの倍近くまで膨らんでいる。

今にも落ちてきそうな曇天の下、吉備津彦はともすれば緩みそうになる頰を引き締めた。

正方形に区切られた幔幕の内側には、すでに左智彦を始め、犬飼健や留玉臣が床几に座っている。

楽々森彦が、息を切らせて床几に着いた。

「ご苦労であった」

「はっ」

頰のこけた楽々森彦の顔が、その辛苦を物語っていた。

「犠牲は五百二十。死者はいまだ増え続けております」

「どれほど過酷な戦をくぐり抜けたか、お主のその顔を見れば想像に難くない。まずは、命があったことを褒めて遣わす。よくぞ生きて戻った」

「情けなく」

「次に、挽回せよ。そのための今日であると思え」

楽々森彦が拳を握りしめた。

「聞こうか。戦巧者のお主をそれほどまでに追いつめたものの正体を」

楽々森彦がうつむき、そして息を吐き出した。楽々森彦の前に立ちはだかったものが何者なのか、この場にいる皆が分かっている。

陸道も半ばまで征討し、その都邑へもあと一歩のところまで迫っていた。もはや滅亡間際であり、陸道に楽々森彦を打ち破るだけの力は残ってはいなかった。

「敵は越国でございます」

予想通りの名は、吉備津彦の血を静かに滾《たぎ》らせた。

「敗走する陸道の軍旅を追い、能登《のと》（現在の石川県中部）を包囲した直後のことです。全ての糧道が切られ、蜘蛛の巣のように置いていた駅使《はゆまづかい》（急使）が皆殺しにされました。撤退の命を下したときには遅く、背後から巨大な土煙が上がっていました」

楽々森彦率いる二千の手勢は、半数が江沼《えぬま》の砦を整えていた。能登攻めの軍が千のみだったとはいえ、陸道の軍はさらに少なく、楽々森彦が後れをとるような敵でもなかった。

「私の読みの浅さです。申し訳ありません」

沈黙の流れる幔幕の中に、左智彦の言葉が響いたが、吉備津彦は首を横にふった。

「お主のせいではない、左智彦。敵が想定よりも遥かに速かったということだ。そうであろう。楽々森彦」

うつむいていた楽々森彦が顔を上げ、悔しさを滲ませた。

「あれは桁外れの軍旅です」

「騎馬兵か」

「遠くに土煙が昇ったかと思えば、つかの間も経たず、攻撃を受けました。防ごうとした兵はいとも容易《たやす》く弾き飛ばされ、槍で貫かれました。五人の徒士《かち》でようやく一人の騎兵を斃せるかどうか」

「敵の数は？」

「夜でしたのではっきりとは。ですが、三百は超えていなかったように思います」

「守禦の巧みな楽々森彦に、半数以下で打ち勝つか」

じっと聞いていた留玉臣が唸り声を上げた。

「厄介だな。しかし、越国の力を思えば、数は多くないのではないか？」

馬に乗って戦うためには、徒士とはまた違う備えがいる。留玉臣の言葉は間違ってはいないが、
左智彦がすぐに首を横にふった。

「現れたのが三百だけであることを見て言うのであれば、おそらく違いましょう。確かに越国に全土に届く幸はありませんが、その力は陸道や大和、市人の都邑である高島宮に引けを取りません」

「しかし」

「大陸で、この地をいかに呼ぶかご存知ですか？」

左智彦の言葉に、三人衆が怪訝な表情をした。

「名を、蓬萊《ほうらい》。彼の島は宝であふれ、道は金で敷き詰められている。奥地の賢仙に会うことができれば、不老不死の秘薬さえ手に入る」

犬飼健が目を瞬かせ、吹きだした。

「さような戯《たわ》けた話があるか」

首をふった犬飼健に、左智彦が頷いた。

「犬飼健殿の言う通り、戯けた話です。ですが、大陸では根強く信じられ、往古の帝が不老不死を求め、この地に徐福《じょふく》という男を遣わしたという話もあります」

徐福という名に、人差指が微かに動いた。

大和の領袖が異郷の徒であってはならない。それは御真木が南征を決断した五年前、吉備津彦を前に言ったことだった。民は弱く、脆く、自らと違う者に縋ることはしない。

この島の者たちは特にそうだと御真木は笑っていた。

徐福という自らの始祖の名に、吉備津彦はことさら口をつぐんだ。ここにいるのは信の置ける三人衆と左智彦だけだったが、それでも言葉が喉に絡まったのは何故なのか。

左智彦に視線を向けたとき、吉備津彦の思考を遮ったのは留玉臣の言葉だった。

「それが越国だと?」

「正しくは越国の一部。佐渡《さど》という島です。莫大な金を産み、暮らす者の齢も高い」

火がなければ煙は立たぬということか。

六年前、吉備津彦は佐渡の島で丹波道主を率いる御真木を迎え撃った。その頃は大王大蛇武《おろちたける》も台頭する前で、佐渡の民が吉備津彦の父に救いを求めたからだったが、使人として出羽《いでわ》（現在の山形県）へとやってきたのも皺だらけの男だった。

そこまで考え、吉備津彦は呻きを上げた。

「大蛇武を生み出したのは、主上か」

吉備津彦の声に、左智彦が頷き、三人衆が眉をひそめた。

「今でこそ大和に騎馬兵はおりませぬが、もとは主上も騎馬の民だったと聞きます。佐渡に降り立った主上を大蛇武が見ていなかったとは言えませぬ」

「あの折、主上の下にあったのはほんの数騎だったはずだ」

御真木率いる数百の手勢の中で、騎乗していたのは御真木と丹波道主のほかには殆どいなかったはずだ。それを見ただけで戦の術とすることを思い至ったのであれば、大蛇武の戦の才は冠絶したものだ。

「大蛇武の台頭は四年前です。出羽に権勢を誇っていた主上や吉備津彦殿がいなくなった地で、大蛇武が権勢を求め、戦の力を求めたとすれば」

「大陸に馬を求め、大陸もまた蓬莱を求めるか」

かもしれませぬ。左智彦はそう頷き、地面に描いた地図へと視線を落とした。

「彼の大王が台頭して四年。率いる八の軍旅は、陸道との十度にわたる戦陣に、一度も敗れていません」

火の粉が、炎へと姿を変える。左智彦の淡々とした口ぶりは、吉備津彦に宿世の巡りあわせを強く感じさせた。

たった一人、暗闇の中で吉備津彦を後ずさりさせた少女がいた。

御真木がこの国にもたらした悲劇は、無数の恨みを生み出し、これからも生み出すだろう。いまだ行方の知れぬ少女がいかなる者となるかは知れぬが、大蛇武は間違いなく御真木が起こした火の粉によって燃え上がった炎だ。

この炎を呑みこまぬことには、大和の天下統一はならない。

血が一気に熱くなるのを感じた。

「楽々森彦」

「二度、遅れは取りませぬ」

「おう。二度敗《ま》けてやるほど、お主は優しくない」

にやりとして、吉備津彦は全員に底の浅い土器《かわらけ》を配った。

「大蛇武を降せば、北方征討は成る。だが、我らに課せられた務はそれだけではない」

留玉臣が一人一人に濁酒《だくしゅ》を注ぎ、そして床几に着いた。

「始馭天下《はつくにしらす》」

区切った言葉に、全員の視線が集まった。

御真木が掲げ、吉備津彦を前に示した覚悟だ。左智彦が目を閉じた。

「天下を一統する唯一の、そして始まりの者になる」

気勢を上げた三人衆が、酒を飲みほした。

濁酒の酒精は、そこまで強くない。飲み下したとき、吉備津彦の視界に映ったのは、髪飾りを握りしめる左智彦の姿だった。


陽が昇った。

空から吹いた風が大地を駆け抜けた、そう感じた刹那、爆ぜるような気勢が風を千々に変えた。

兜の中に籠る熱は太陽の熱さなのか、それとも己のたかぶりか。

空気が震え、地が震えた。腹の底に疼くものがはっきりと定まり、口からあふれるようにして出たものは、歓喜にも近いと思った。

「犬飼健に伝令。大蛇武だけを狙え」

飛び出した兵を目で追う暇もなく、吉備津彦は戦場を凝視した。焦がすような風を孕《はら》んだ旗が、無数に乱れていた。

平原に布陣した越国の軍勢には、気持ちのいい潔さがあった。

鶴翼に広がった吉備津彦軍を取り囲むように、八つの円陣が散らばっている。大蛇武率いる六千ほどの軍勢は、越国の戸口を思えば全軍に近いだろう。三国の押さえに二千を割いている吉備津彦の手勢は、一万を超えるほど。麾下のほぼ全軍を互いに率いている。

「大蛇武は、決戦のつもりだな」

白く長い布地に、八つの首を持った蛇の刺繍が躍っている。黒々と伸びる異形の旗が、大蛇武の存在を強く表していた。

すぐ傍で敵の動きを見ていた留玉臣が近づいてきた。

「あれが、騎馬兵でございますか」

大和の民は、魂を運ぶものとして馬を敬っているため、その背に乗ることを忌避する者が多い。御真木が騎兵を諦めた由の一つでもある。

「留玉臣。こたびの戦、お主が最も過酷な地に立つことになる」

「いつも見せ場は犬飼健や楽々森彦でしたからね。張りきっておりますよ。主の頼みを裏切るわけにはまいりませぬ」

「お主の力、存分に見せつけてやれ」

「御意」

頭を下げた留玉臣の向こうで、尾を引くような音が鳴り響いた。牛の鳴き声に近いが、それよりももっと高く、木霊《こだま》するような音だ。

八つの円陣が、ゆっくりと動き始めた。右に回転する陣と左に回転する陣。じわりと前に出て来た。

正面で向かいあっている楽々森彦は、いまごろ拳を握りしめているだろう。戦場に現れた八つの渦潮は、それ単体では大して厄介なものではない。だが、複数あることで強靱さを生み出している。

一つの流れであれば、こちらから流れに乗り撃破することもできるだろう。だが、二つ以上の別の流れに巻きこまれれば、味方の陣は離れ離れとなり、隙が生じる。それが八つ。

さらに厄介なのは、円陣を受け流そうと下手に動けば、今は丘上に布陣している大蛇武の騎馬兵が駆け降ってくるであろうことだ。

戦が練り上げられている。

「焦るな」

遠く、聞こえはしないであろう楽々森彦への言葉を呟いた瞬間、楽々森彦の軍が二つに分かれた。吉備津彦の考えと重なった。千ずつの方陣に、敵の円陣が三つ止まった。

「留玉臣」

言葉を発したとき、すでに留玉臣は飛び出していた。

地響きが土煙を天まで舞い上げたとき、砂埃の中から巨大な影が現れた。

騎馬兵だ。次の瞬間、楽々森彦の陣が真っ二つに割れた。残る敵の円陣がいきなり動き出し、楽々森彦へ襲い掛かった。

目を細めたとき、近づいた円陣の一つに黒い雨が降り注いだ。

留玉臣率いる留玉部の兵は、弓の達人集団だ。放った矢の雨が、断末魔の叫びを戦場に生み出した。敵の一部が崩れた隙をつき、楽々森彦が陣を整える。

「瞬時に、その危うさを見抜くか」

戦場を駆ける大蛇武が、矢の届くぎりぎり外側で旋回した。

残る二つの円陣が、先にもまして気勢を上げた。敵味方が交われば、留玉臣の弓も役には立たないことを、敵の軍将は分かっている。楽々森彦の方陣に、敵の円陣がぶつかった。渦潮が食いこみ、巻き取ろうとする。

こめかみに汗が流れた。ぶつかりあいは互角に近い。敵の軍兵もかなりの精鋭だった。

ふたたび戦場が揺れた。

大蛇武が駆けた跡には、無数の骸だけが残される。楽々森彦の陣は、ぶつかれば、かならず断ち割られていた。それでも崩れないのは、留玉臣の弓が敵の動きを止めているからだ。

「やはり、そう来るよな」

丘の上で止まった騎馬兵を見て、吉備津彦は剣を握りなおした。徒士を前に出し、先端を尖らせた丸太を構えさせた。

留玉臣の手勢が壊滅すれば、戦況は瞬く間に傾く。吉備津彦の役割は、留玉臣を狙い始めた大蛇武の軍を防ぐことだった。

不意に風が揺れた。地が揺れ、肉をえぐる音が轟いた。端の二百ほどが、大蛇武によって弾き飛ばされた。固まれ。要撃を命じたとき、すでに大蛇武の姿は彼方に去っていた。

森の手前で反転し、こちらに向きなおっている。

息を吐き出し、目を細めた。

「強いな、大蛇武」

機は、犬飼健に任せていた。騎馬という異形を戦場に持ちこんだ大蛇武の才は、優れたものだ。だが、獣を使うのはなにもお主だけではない。

留玉臣を前に出した。大蛇武が訝しがる気配が伝わってきた。

迷え。

頬を緩めた瞬間、森が揺れた。

草と草の隙間を縫うようにして駆ける無数の影に、大蛇武の騎馬兵がいきなり乱れた。遠吠えとけたたましい嘶きが、戦場に交じりあった。戦の用として馴らされた犬の群れは、一度咬みつけば、合図があるまで放しはしない。

留玉臣の軍勢が射程に入った。犬飼健から渡された笛に、思いきり息を吹きこんだ。

影が平原に散った。

唾を飲みこむ気配が一つ、二つ。

留玉臣が、ゆっくりと手をふり下ろした。横殴りの黒い雨が、思わず耳を塞ぎたくなるような音を響かせた。視界の中で肉が飛び散り、宙を舞う。

前に出て来た大蛇武の判断はさすがだった。

森の中に入れば、待ち構えていた犬飼健に包囲されただろう。二百ほどに減った騎馬兵の先頭で吠える精悍な男に、吉備津彦も前に出た。

まともにぶつかる必要はない。留玉臣が左右に分かれたが、大蛇武は気にもとめていない。ただ一直線に吉備津彦へと向かってきた。正面から迫る獣の群れは、全てを圧《お》し潰すような恐怖があった。

竹を二重に重ねた大盾が並べられていく。目を細めた大蛇武と、視線がぶつかった。

これは鏡だな。思わずつり上がった頬に、吉備津彦は拳を握りしめた。

大蛇武が笑っていた。

ぶつかる。そう思った瞬間、大蛇武が右へ馬首を向けた。地響きをたててすぐ横を通り過ぎる騎馬兵に、吉備津彦は心の滾りが透明なものに変わっていくのを感じた。

この敵に、勝ちたい。美味《うま》いものを食べたいと思うことも、綺麗な女を抱きたい気持ちも、勝利への渇きと比べれば遥かに小さなものだ。

自分は戦人だ。

己を戦人と確信している大蛇武の顔に、吉備津彦は心の奥底にある己が、剝き出しになったかのようだった。

四

噴煙が遥か高くまで昇り、雲とまじりあっている。

汗をぬぐい、見上げた空の風光に、翡翠命は鼓動の高鳴りを感じた。手が届きそうなほど天が近い。すぐ横を見れば、樹海の深緑がはるか山裾まで広がっている。

吸い込んだ空気は冷たく、身体の内側から浄化されるようだった。

空へと迫《せ》り出す岩に、右足を載せた。踏みしめ、左足を載せる。

何か叫びたい衝動を抑え、翡翠命は息を吐きだした。

倭の地の中央にそびえる火の山は、倭の民に阿蘇《あそ》と呼ばれる霊峰だ。倭の地に生きるすべての者が神と敬い、畏れる山の頂に立つことから、すべてが始まる。そう思ったからこそ、熊襲《くまそ》（現在の大分県玖珠《くす》郡九重町）の地から二日かけて歩いてきた。

敬われるものが見る景色を知らねば、人の上に立つことなどできはしない。

水平の視界に浮かぶ雲は、上と下で色が違う。

陽の光を受ける上側は輝き、地上の民が見上げる下側は暗い闇を孕んでいる。その地に立たねば見えないことは確かにある。感じられないことも。踏みこんだからこそ分かることだ。

この一年で、翡翠命の視界は大きく変わった。

故郷を滅ぼされたのは一年前のことだ。長髄の邑を滅ぼし、翡翠命の一族を鏖殺した大和から逃れたときの自分は、周囲の全てに怯えていた。

幼い従弟《いとこ》が無残に処刑されるさまを見て、どうしようもなく死が恐ろしくなったのだ。争いの気配を感じれば意識を失い、そのたびに幼い頃からの守り人である右滅彦《うめつひこ》が身をていして守ってきた。

死を怯える自分は、誰よりも弱い存在だと膝を抱えて震えていた。

何者にも怯えず、人知れず生きていければそれでいい。

長髄の王族である自分を狙う大和から逃れるためには、どこか遠くへと逃げなければ。死への怯えが、自分を支配していた。

きっかけは、一人の少女との出会いだった。

剣も持たず、己よりもさらに弱い赤ん坊を腕に抱いた少女は、死の恐怖にひどく怯えながらも、妹を守るために死に物狂いで生きようとしていた。

心の底から驚いたのを覚えている。

明らかに翡翠命よりも弱く、まともに剣も振れないだろう少女だ。道行く大人の手を振り払えず、泣きじゃくっていた。弱く情けない存在。

だが、そんなか弱い難升米《なしめ》から感じたのは、弱さとは全く逆の強さだった。

死を恐れることは、弱さではない。恐れようと、その場から逃げなければ強さへと変わる。妹を護ろうともがく難升米の姿にそう気づかされたのだ。

それは、力なき翡翠命に、力を手にする決意をさせるほどのものだった。

丹波道主軍に襲われ逃げ惑う者の恐怖が、翡翠命を立ち上がらせた。

女は凌辱され、童子《わらべこ》は人奴として売られていく。大和に立ち向かった軍兵は、凄惨な拷問を受け、礫にされた。

難升米もまた悲劇の一つだった。

妹を護るために凌辱を受け入れ、命からがら逃げてきていた。翡翠命の腕の中で咽び泣く姿は、終わりを告げるものでは決してなかった。

多祁理《たけり》（現在の広島県）で起きた悲劇は、始まりに過ぎない。

あまねく地を討ち滅ぼし、天下で唯一の大王になる。

御真木の抱く悲願は、さらなる悲劇を引き起こすだろう。倭の地は戦塵濃く、二十年余の大乱が続く地だ。大和の征討がもたらすものが、多祁理以上の悲劇でないと誰が言えようか。

誰かがそれを止めねばならない。

そう考えるようになったのは、いつからだったのか。命からがら高島宮を逃れ、熊襲《くまそ》（現在の大分県玖珠《くす》郡九重町）へと向かう船の中、翡翠命の胸中にあったのは漠とした想いでしかなかった。

火神子とは何者か。何をすべき者なのか。

だが、倭へ辿り着いて一年、想像を超える戦禍は、曖昧だった翡翠命の思いを巨大な炎へと変えた。

片手で握れるほどの米ですら、殺し合いの因《もと》になっていた。

貧しい邑が、さらに貧しい邑を襲う。敗れた者は流賊となって豊かな地を荒らし、命を繋ぐ。そうして豊かと呼べる国も、憎しみの中で荒廃を迎えるのだ。人を思いやる余裕など、どこにもなかった。

二十年前、倭王帥升の死によって大きくなった戦乱は、暗闇の底に人々を沈めていた。男は背を向ける者を殺し、女はその身を売る。子を捨て、親を殺す。およそ人らしい優しさを忘れ去った倭の大地は、翡翠命の五感を凍りつかせた。

「あの男は、この地を滅ぼすことを躊躇しないだろうな」

この一年、大和の報せは常に届けられてきた。その中で見えてきたのは、御真木という男の目指す国の姿だった。

決して暴虐なだけではない。

大和の民の泰平を願い、軍を、政を整えてきた様は、御真木がただ破壊するだけの大王ではないことを物語っていた。自らについてきた民を慈しみ、日々の糧を与える。大和の民に剣を向ける者は、微塵の容赦なく殺し尽くす。

大和の民は、御真木の治世を慈雨のようにも感じているだろう。

だが御真木の創り出した国の姿は、翡翠命にはあまりに息苦しいものに思えた。

大和で生きることを許されるのは、御真木に従い勝利した者だけなのだ。大和に敗れた者たちは人とも思えぬ境遇に落とされ、大和の民が豊かに暮らすための肥となることを強いられる。優れた勝者だけが息をすることを許される国が、御真木の望む国の姿なのだ。

人は時に優れた勝者となり、時に愚かな敗者となる。にもかかわらず、一方しか認めぬ御真木の国は、歪《いびつ》なものとしか思えなかった。

御真木にとって、人が人として生きられぬ地にしがみつく民は、愚かにしか見えないだろう。愚か者を殺し尽くすことに、御真木は欠片の躊躇も抱かない。

見下ろす風光は雄大で、心が澄む綺麗さがある。だが、目を閉じれば子が親を殺す姿が滲んでくる。

誰かが戦乱を、御真木を止めねばならない。

それは誰なのか。

自分以外に、それができる者を、翡翠命は知らなかった。己惚《うぬぼ》れているわけでも、過信しているわけでもない。

死の恐怖を受け入れたといえど、死への想いがなくなったわけではない。

今も自分が死ぬことを考えれば夜も眠れぬほどに怯えてしまう。そんな自分に何ができるのかとも思う。だが同時に、ここで立ち上がり、戦わねば、自分の死はさらに近くなるであろうことも知っていた。

登美毘古の娘、翡翠命を殺せ。

大和の西方征討軍には、最大の敵として御真木直々の下命があったという。東を郷里とする市人から聞いた話で、翡翠命を知らぬその男は、なぜ御真木が少女ごときに執着するのか分からないと肩を竦めていた。

かたや流浪の少女で、かたや並ぶものなき国の大王だ。

御真木率いる大和を跳ね返し、己を護る。

ほかの誰でもなく、翡翠命自身がやらねばならぬことなのだ。己を護るということは、翡翠命にしかできないことだ。

火の国と呼ばれる遥か山麓の風光を一瞥し、翡翠命は近づいてきた気配にふり返った。

「神子」

右滅彦の隣に立つ九重彦《ここのえひこ》の言葉に、翡翠命は一つ頷いた。

「行こうか」

二人が跪いた。

「熊襲の地を都邑となすは、理なきことだ」

「御意」

「倭に広がる二十四の国を一統するための都邑がいる」

熊襲に来て一年、この日の為にすべてを費やしてきた。

熊襲の長である九重彦とともに、征討の軍を起こす力を蓄えてきた。軍兵には過酷な調練を課し、熊襲の邑には敵が容易に攻めこめぬ備えを施した。

だが、それでも九重彦はここに残していくつもりだった。

「九重彦。世話になったな」

九重彦が身動《みじろ》ぎした。

「それはいかなる意です」

「そなたはここに置いていく」

「お待ちください」

ともに行くとばかり思っていたであろう九重彦に、翡翠命は笑いかけた。

「心得違いをするな。そなたには、この地でさらに厳しい務を果たしてもらう」

右滅彦が苦笑し、九重彦がこめかみから汗を流した。

「周辺の邑をまとめあげたのち、北の不弥《ふみ》（現在の福岡県東部）との境に砦を造営せよ」

九重彦の顔がすっと蒼くなった。

「神子。砦を築こうものならば、不弥は黙っておりませぬ」

「それを跳ね返し、不弥に認めさせるまでが、そなたの役柄だ。砦は、そのまま不弥に対する前線となり、いずれ攻めてくる大和への、兵站の基となる」

案ずるな。そう口にし、翡翠命は蒼ざめる九重彦の肩を叩いた。

「熊襲の兵は、一兵たりとも連れてはいかぬ」

「それは、軽率がすぎましょう」

「と、九重彦は言っておるが。右滅彦。お主が鍛え上げた不知火《しらぬい》の力は、私の身すら守れぬほど脆弱か？」

「いえ」

首を横にふり、右滅彦がにやりとした。

「高島宮を生き残った者から、さらに選りすぐった三百の騎兵。十倍以上の敵と相対しようとも敗けませぬ。不知火の脚には、いかなる敵も追いつけは致しませぬ」

一年前の戦、高島宮を脱出した者は敵味方あわせて五百を超えていた。

もとが腕に覚えのある者が集まった軍の中で、さらに全滅に近い戦をくぐり抜けた者たちだ。そのままでも十分過ぎるほどだったが、さらに鍛え上げることを右滅彦に命じた。

左慈から幾度となく聞かされていた。

騎乗して戦う術は、いまから六百年も前に中華の北国で編み出され、それ以来戦場の主力として大陸全土を席巻したという。長髄の邑のはるか北、越国には馬に乗って戦う者がいるという話を聞いたことはあったが、目で見たことはなかった。

「左慈様は、このことを予期されていたのでしょうか」

「どうだろうな。老いぼれの頭で夢想することはあったかもしれぬが」

騎馬兵の編成を思い立ったとき、もっとも手を焼いたのは倭の地に馬がいないという事実だった。鹿や猪はいるが、人が乗りこなすほどの調教は難しく、気性も戦に向いていない。

爺の話も役に立たぬ。

かつての師を罵倒しかけたとき、翡翠命の前に現れたのは、張政《ちょうせい》というまだ若い市人だった。九重彦に伴われた男に対する最初の印象は、顔つきが他の者と違うというものだった。その名乗りで、大陸出身だと知った。

東の倭を発し、果てしない道のりを越え、砂の広がる地までを結んでいる。雲の下全てが、私の生きる地だと張政は胸を張っていた。

「きっかけがある。そう言って西に行けと言ったのは、爺だった」

左慈から手渡された桐の小箱の中に入っていたのは、片手で覆うことができるほど小さな黄金造りの印璽《いんじ》だった。蛇を象った鈕《ちゅう》と無地の印面は、眩い光を放っていた。

宇沙の湊でそれを見た張政は、怯えるように検分し、翡翠命に頭《こうべ》を垂れた。

その印璽を質とするならば、翡翠命が望むすべてを運んでくる。次第に大きくなる声で、張政がそう叫んだ。貴女の望むすべてをと。

貰い受けるのは、いずれ、貴女が倭の地を統一した後で構わない。

貴女が強大な権勢を手にしたとき、魏王に貢ぎ物を献上する。その使人を自分にまかせてくれと。そうすることで、自分は大陸でも有力な市人に駆け上がることができる。

奇貨居くべし。大陸で一介の市人から一国の宰相に上りつめた男の言葉を用い、張政が強張った笑みを浮かべた。

まっすぐな瞳だった。己が成り上がることに、命を燃やしている。

潔い男の瞳に、翡翠命は軍馬の手配を頼んだ。馬を手にいれるためには、張政を頼るしか術がなかったこともある。いずれにしても、大陸に使人を送るためには誰かと通じておかねばならないのだ。九重彦が信じているならば、それだけで十分だった。

掌に印璽を乗せ、翡翠命は目を細めた。

「この蛇の腹に、絹の紐《ひも》を通すらしいな」

「金印紫綬《しじゅ》。中華の皇帝と呼ばれる王が、周囲の蛮夷を盟下に置くための術です」

「ほう、私は蛮夷か？」

「戦う様は」

九重彦が舌を出した。

「印璽を授け、その地の王と認める。まさか、神子がそれを持っているとは思ってもおりませんでした」

「無地であるのは、左慈がまだ見ぬ国を探せと命じられていたからであろうな。そして、印璽を携え魏に使人を立てた者が、魏から王として認められる」

「はばかりながら」

九重彦がこめかみを掻き、顔を上げた。

「それを神子に授けたのは左慈様とお聞きしました」

翡翠命がもの心つく前、九重彦は長髄の邑に暮らしていた左慈と会ったことがあるという。

「魏の皇帝の命は、長子《えこ》である左智彦も知っているのではありませんか？」

九重彦の危惧は、聞かずとも分かった。

「左智彦が魏と結ぶかもしれぬ。そう危ぶんでおるのか」

「まさしく。左智彦は神子を裏切り、大和につきました。左慈様の務を知っているとすれば、御真木入日子を大王として、魏に使人を立てようと思うのではありますまいか？」

「案ずるな」

「そう申されても」

九重彦が首を左右にふった。

「左智彦の才は、御真木がそのまま大和の領袖として迎えるほどのものです。その視界に映るものは、倭に留まることはありますまい。印璽の複製を作り、魏に使人を立てれば、我らよりも先に大和は魏との盟を結ぶことになりましょう。さすれば我らは前と後ろに強大な敵を迎えることになります」

無意識なのだろう。翡翠命に隠すように、右滅彦が拳を握った。

袂を分かったとはいえ、右滅彦と左智彦はともに練磨した間柄だ。仇である御真木についたことへの怒りと、異国の友の道を思う気持ちがない交ぜになっている。

人とは、厄介な生き物だった。一つの情に塗りつぶされれば、どれほど楽か。相反する情がまざりこむがゆえに苦悩する。

「九重彦。そなたは御真木入日子を見くびっているよ」

「登美毘古様を滅ぼした敵を、どうして見くびるなど」

「御真木は、かつてこの地に現れたことのない強大な者だ。天孫として現れ、今では皇《すめらぎ》を名乗っている。その意は何であろうか?」

左智彦への怒りに囚われれば、いずれ右滅彦は足もとを掬われる。敵への迷いは自らを弱くする。明敏な左智彦がそれを見逃すとは思えなかった。

右滅彦の中の、左智彦の姿を少しでも小さくしておきたかった。

「御真木入日子は、唯一の者になりたいのだ」

「大和を統べる大王という意であれば、すでに」

「もっと、大きな意でだ」

眩しい陽の光を見上げ、掌を空に突き出した。横薙ぎの風が、前髪を揺らした。

「金印紫綬。それは私も知っている。中華の皇帝が、辺境の蛮族に王の位を授ける。印璽を授けられれば、竹帛《ちくはく》に残る御名にはなる。だが、それは同時に中華の皇帝よりも下であることを認めることにもなろう」

「御真木はそれを肯《がえ》んじえないと？」

「皇という言葉は、その意の表れだ。御真木は印璽を授けられて喜ぶ男ではない。むしろ、皇帝に対等の敵とみなされてこそ、喜ぶ男だ。左智彦が麾下にいることで、御真木の目は間違いなく中華に向いているだろうが、それは盟を結ぶ相手としてではない。牙を剝くべき敵としてだ」

「倭の征討がなれば、御真木は大陸にすら打って出るかもしれぬと？」

目を大きく見開いた九重彦に、翡翠命は頷いた。

「先陣をきることになるのは、倭の民であろうな」

「倭にはさような力、どこにも」

「ゆえに、必ず御真木を跳ね返さねばならぬ。左智彦が印璽を魏に送りたくとも、御真木がそれを許さぬよ。左智彦については案ずるな。九重彦。我々は、いずれ来る大和の軍旅をいかに防ぐかを考えればよい」

言葉を区切り、翡翠命は視線をはるか倭の大地へと向けた。

「私は魏の下につこうとも、その力を用いることができれば良いと思っている」

いずれ、使人を送る。

右滅彦と九重彦の首肯に、翡翠命は歩き出した。

「不知火に出陣の触れを」

「行先は？」

背後の大地を一度ふり返り、右腕を横に広げた。

「邪馬台だ」

風が、翡翠命の背にぶつかり、霧散した。

かつて倭の覇者たる帥升が治めた、倭の中央にある国だ。その長子が叔父と激しく敵対し共倒れして以降、王のいない混沌の地となっている。

高揚しているのか。

腕に現れた鳥肌に、翡翠命は地面を踏みしめた。

五

いかなる地にも、忠臣はいる。

邪馬台に侵入して二日、向かいあった砦に籠る老将に、翡翠命は少なくない驚きを覚えていた。

一回りの柵で囲まれただけの、四角い土手だ。

堅牢とは到底言えない。だが、そこに籠る将の頑なさが、軍兵にも乗り移っているようだった。土手の四方に翻る白い旗を見据え、翡翠命は右滅彦を呼んだ。

昼餉の途中だったのか、米粒を頬につけた右滅彦が、焦ったように現れた。

「右滅彦」

「はっ」

舌打ちし、息を吸いこんだ。

「緩みすぎだ」

「申し訳ありません」

「不知火の方がよっぽど張りつめている。軍将たるお前がそれでは示しがつかぬ」

そう言いながら、自身の言葉からも厳しさが失われていることに翡翠命は気づいていた。右滅彦の緩む気持ちも十分に分かる。

「あの砦は、二十年前に死した帥升の奥津城《おくつき》だ。帥升は生前、最も信厚き男に死後の護りを託したという。往古、この地で並ぶ者なしと言われていた武人に」

「それがあの老人ですか？」

九重彦の言葉を思い出し、翡翠命は頷いた。

「弓上尊《ゆみかみたける》。帥升の弟と長子が王を争った折も、どちらに与《くみ》することなく奥津城を護り続けていた。その二人が死に邪馬台の地が戦乱に包まれた後も、この周囲だけは一度も荒らされていない」

「愚直と言えばいいのでしょうか」

「用兵の才はある。だが、敢えてなのかは知らぬが、時勢を読む力はないのだろうな。もし、弓上尊が王弟か王子に与し、戦乱を収めておれば、倭がここまで荒廃することはなかった。大王なき世も避けられたはずだ」

右滅彦が頬の米粒を落とし頷いた。

「弓上尊にとって、この奥津城を護れという帥升の言葉だけが絶対だったのでしょう。理あらずとも、決して譲らぬ忠義。俺は好きですね」

「憧憬を抱くなよ、右滅彦。あれは、主あってこその男だ」

砦の上に立つ弓上尊は、あまりにも潔すぎるのだ。

風に白髪をなびかせ、初めて向かいあう翡翠命にすら、その潔さを感じさせる。主への忠義のみで息をし、そこに邪なものは一切ない。戦いにくさを感じる相手だった。

「だが、ここで時をかけるわけにもいかぬ」

「南ですか?」

「南もだが。より由々しきは北だ。投馬《とうま》(現在の福岡県南西部)が邪馬台に対して服属を迫る軍旅を興した」

「王家の執事がいるだけの邪馬台では、投馬に抗うことは難しいでしょうね」

頷き、翡翠命は三百騎の不知火を整列させた。

鍛えぬいた三百騎の精鋭といえど、城攻めとなれば時がかかる。二百人の徒士が辿り着くのはまだ先のことだ。この兵力で、今、決着させなければならない。

邪馬台、そして投馬を手に入れなければ、倭を統一するという翡翠命の大望はここで躓くことになる。

右滅彦の制止を無視し、翡翠命は一騎、不知火の前に出た。やはり潔い。砦の上、弓上尊が一人現れた。

「あなたが弓上尊でしょうか」

白い鬚を蓄えた老人が、傲然と腕を組んだ。

「左様。お主は、何者じゃ。いきなり現れ、我が地を攻める惚は」

「攻めるつもりはありません。ですが、そう感じたのであれば謝りましょう」

翡翠命は、伏せた顔を上げた。

「私は翡翠命」

弓上尊が目を細めた。

「あなたの力を借り受けたく参りました」

背後で右滅彦が息を漏らすのが分かった。弓上尊が頰を緩めていた。

「謝罪は受けよう。お主のような乙女子《おとめご》が、奸智を働かせるとも思えぬからのう。じゃが、後者については断る。儂《わし》は弓上尊。何者の下にもつかぬよ」

「あなたの忠義はよく知っています。その益荒男《ますらお》ぶりも。しかし、弓上尊。その頑なさは、いずれこの地を滅ぼすことになりましょう」

弓上尊がおかしそうに笑った。

「この地は滅びぬよ、翡翠命。儂がおる限りのう」

「あなたが二十年、この地を護り抜いていることを知ったうえで言っています。あなたが防ぎきった王弟と王子の戦乱を超える禍事《まがごと》が、この地に迫っています」

「投馬の洟垂れどもが何百、何千と攻めてきたところで、儂は」

「やめられよ。あなたは知っているはずだ。私の言う禍事が投馬などではないことを」

弓上尊の笑みが、凍りついた。

その表情の変わりようは、弓上尊が大和の名を知っている証だった。そして、到底勝ちえないことも知っている。知っていてなお、この地を愚直に護ることが務と考えている。

「あなたが、軍兵を徐々に減らしているのはなぜです」

「この地に来て二十年。儂も兵も老いた」

老人のぎこちない声に、右滅彦が制止する間もなく翡翠命は剣を抜き放った。

「戯言はやめなさい」

あまりに鋭い翡翠命の言葉に、弓上尊が眉をひそめた。

「強大な大和に抗えば、待ち受けるのは死だけだと知っているからでしょう。死するならば己だけでいい。軍兵を慈しむ心を持つそなたは、ゆえに兵を解き放っている」

「知ったような口を利くではないか。翡翠命。儂は」

「私はあなたを知る者を、知っている」

苦々しく笑った弓上尊の言葉を遮り、翡翠命は一歩前に出た。

「あなたが帥升殿に忠義を誓うように、あなたに忠義を誓っている者がいることを、知らぬとは言わせません」

弓上尊の笑みが消えた。

「大和は強大です。西国を征討した大和の軍旅は、三万を超えるほどになるかもしれません。それも一人一人が戦陣で鍛え上げられた精鋭です。抗えば、必ず死ぬでしょう」

震えだした白鬚に、翡翠命は拳に力を入れた。

「あなたが死ねば、帥升殿の奥津城は暴かれるぞ。大和の御真木入日子は、王であった者を許さぬ。権勢あった者であればなおさらだ。奥津城を暴き、帥升殿を知る者を鏖殺する」

火の海に包まれた隠れ里が瞼の裏に浮かび、守れなかった従弟の断末魔の叫びが甦ってきた。奥歯を嚙み締めた。

「弓上尊。そうなれば、あなたは二つの願いを裏切ることになる」

「二つ？」

九重彦の評どおり、弓上尊の懐は深い。人の言葉を聞く耳を持ち、それが得体の知れぬ少女のものであろうと等閑《なおざり》にしない。帥升が重用したのも頷ける。

「帥升殿から託された務と、あなたに忠義を誓う者たちの、あなたに生きて欲しいという願いの二つ。それらを裏切ってなお、あなたは大和の前に死んでいくのが忠義だと言えるか？」

「そのほかの忠義を、儂は知らぬ」

「知ろうとしないだけだ」

人を説得するには二種の術がある。

情に問うか、理に問うか。答えを求めていない者に対しては情に。答えを求め、暗がりを彷徨う者に対しては理に。

にやついた左慈の表情が脳裏に浮かび、苛立ちを息とともに吐き出した。

「弓上尊よ。すぐに答えを出せとは言わぬ。私を見ていよ」

「何をするつもりじゃ」

「まず投馬を追い返す。その後、私は邪馬台を制する」

そう言い放った瞬間、それまで柔和ささえ感じさせた弓上尊の顔に、強い苛立ちが滲んだ。

「世迷いごとを言うでない。お主の兵は後ろに控える三百ほどであろう。投馬は二千もの軍旅を出したと聞く。勝てるはずがなかろう」

「あなたであれば勝てますか？」

「五千の兵がいて初めて」

堅実な答えだった。

犠牲を最も少なくして勝つ術を、弓上尊は知っている。かような男が軍を率いれば、崩すことの難しい強力な軍になるだろう。この老人がいる。欲にも似た思いが、ふつふつと湧き上がってきた。

「翡翠命。お主のそれは将の過ちだ」

遠く大陸の兵法家の言葉に、肌が震えた。

「過ちに見えることを容易くなさねば、大和には勝てぬ」

ゆえに。剣を中天に向けてたて、ゆっくりと切っ先を弓上尊に向けた。

「私が勝てば、私のもとで軍旅を率いよ。帥升殿への忠義はそのままでいい。帥升殿の奥津城を護るため、大和を跳ね返すためだけに、その力を貸しなさい」

弓上尊の唸り声が大きくなった。老将は答えを探している。そう感じたとき、翡翠命は弓上尊に微笑んだ。

「大和の悪逆によって、そなたの忠義を終わらせるのは惜しい」

何か言いかけた弓上尊が息を呑んだ。

天を仰いだ老将の唸りは、次第に小さなものになった。不意に弓上尊が背を向けた。

「いずれにしても投馬の洟垂れどもは追い返さねばならぬか」

右滅彦が傍によってきた。

「ひい様」

「馬を一頭用意しろ」

砦の門が開き、ひとり出て来た老人は、不器用さだけを皺に滲ませていた。

六

眼下に広がる平原には、黄金色のすすきが柔らかな風に揺れている。

投馬兵は、全て徒士だ。小高い丘の下を、遅々と進む軍勢を見て翡翠命は右手を挙げた。

頭上の木立が微かに揺れ、呼応するように不知火三百騎が剣を抜く。頬を優しくなでた風が地の枯葉を浮かせたとき、ゆっくりと右手を前に倒した。

風が強くなる。正面から吹きつける風によって、身体が押し飛ばされるようにも感じたとき、右の掌を柄《つか》に添えた。

ふり返った視線が二つ、目が一杯に広がった。

目を細め、身体を伏せた。一瞬で、男たちの姿が消えた。同時に、敵の中でけたたましい鉦の音が鳴り響いた。

「遅い」

馬腹を締め上げ、敵の海を駆け抜けながら、翡翠命は呟いた。

茫然としている者。剣を抜くか迷っている者。躓き、しりもちをつく者。これから殺し合いをする者の姿ではなかった。

ここが高島宮であれば、全員死んでいる。食いしばった歯の隙間から、息を吐き出した。軍将と思しき男がいた。剣を抜き、数人の軍兵に守られている。

「右滅彦」

合図と同時に、左右から槍を構えた十騎ずつが前に出た。

ぶつかった敵が宙に突き上げられ、道ができる。その先、敵の軍将が恐怖に染まった顔で固まっていた。一騎、右滅彦が前に出た。構えているのは穂先のない槍だ。

空を切る音が禍々しくすらある。

割れるような音が鳴り響いた瞬間、敵の軍将は宙を飛び、右滅彦が首根っこを摑んだ。敵の犠牲は三十人を超えないだろう。不知火には一騎の犠牲も出ていない。

泥土のような敵陣を斬り裂き、二度息を吐き出す前に、突き抜けていた。

反転し、あっけにとられている二千の投馬兵に向きなおった。初めて騎馬兵を見た者がほとんどのはずだ。己が何者と戦っているのか。投馬兵の中に、畏れが滲みだした。

すぐ隣で、敵軍将をぶら下げた右滅彦が肩を回した。

「そなたが、この軍の将だな？」

剣を納めた翡翠命の問いに、男が震えるように頷いた。悪い夢だとでも思っているのか。男の表情は、現実を受け入れられていない者のそれだった。

「手荒な真似をしてすまない。だが、これしか術はなかった。二千の兵に、引き返すよう命じてもらいたい」

「貴様」

男が苦しそうに口を開いた。

「右滅彦。首が絞まっている。持つ場所を変えろ」

顔を赤らめた男が咳きこみ、唾をまき散らした。

「できぬという言葉は聞かぬ。そなたには邪馬台を攻めとる務《つとめ》があろう。だが、それは生きていてこそ。そなたが首を縦にふらねば、麾下の二千は、生きて帰れぬ」

山の上で、一本、二本と流旗《りゅうき》が昇りはじめ、すぐに数えきれないほどになった。男が呻き声を上げた。

「ここで二千もの命を失えば、そなたの家人は投馬で生きていくことはできまい」

「この所業を、投馬が許すとでも」

「許しを乞うているわけではない。退けと命じているだけだ」

男の顔が赤を通り越して、どす黒くなった。

今は頭に血が昇っているのだろう。麾下の信頼は厚いが、愚直で柔軟さはない。それが道中、弓上尊が語った時津主《ときつぬし》という男の質だった。

項垂《うなだ》れ、ふたたび顔を上げた。

下策だと思うし、好きでもない。だが、他に術はなさそうだった。静かに息を吐き、跳ねそうになる鼓動を押さえた。

剣を抜き、男の首筋を切り裂いた。

皮一枚、死に至るほどの傷ではない。だが、何が起きたか見えもしなかったのだろう。血を流す剣を見て、男が悲鳴を上げた。

「退けと、命じなさい」

指を三本立てた。男の喚き声が響いた。一本曲げた。残り二本、一本。最後の指を折りたたんだとき、剣を握る拳に力をこめた。

思わず息を止めた。

「分かった」

男の脚から尿が垂れていた。右滅彦が顔をしかめている。

「言う通りにする。だから」

それ以上、男と話す要はなかった。二千の軍兵に向かって馬を進めた。視線が集まる。

「私の名は火神子」

言葉遣いによって人の印象は大きく変わる。息を吸いこみ、腹の下に力をためた。

「そなたたちは投馬に帰りなさい。愚かな戦陣に死ぬことはありません」

投馬兵の間にざわめきが広がった。

目の前の少女は何を言っているのだという目だ。疑心と侮り、畏れ。様々な思いの満ちた喧噪を、翡翠命は一瞥した。

「退きなさい」

喧噪が消えた。誰かが息を吞んだ。すぐ目の前に立つ先頭の軍兵が、厄神を見るかのごとき目をしていた。

「二度は、言いません」

静寂の中にどこまでも突き抜けていくような言葉とともに、二千の中に怯えが広がった。先頭の兵が宙づりにされている時津主を見て、背を向けた。叫び声が一つ、響いた。男が逃げ出したのをきっかけに、二千の軍勢が崩れるように散り散りになった。

馬を返した。

「右滅彦、その男に新しい衣を整えてやれ」

「俺がですか？」

「嫌そうな顔をするな」

いまだ宙づりにされている男に向きなおり、そして翡翠命は頭を下げた。

「今、投馬と邪馬台を争わせるわけにはいきませんでした」

「投馬の大王は怖いお方だ。お前ごとき、すぐにでも殺される。俺も」

率いていた麾下が散り、敗北の現《うつつ》を悟った男に、絶望が浮かんだ。

「投馬の大王はやりすぎました」

男の顔にいぶかしげなものが浮かんだ。微笑み、翡翠命は耳もとに顔を近づけた。

「私の世に、非道はいらぬ。安心しなさい。投馬の大王に囚われているそなたの身代《むかわり》（人質）は、必ず私が救う」

男が驚いたように目を見開いた。

「己の命と家人の命よりも、麾下の命に重きを置く。気の短さが玉に瑕だが、そなたが良い軍将であるということは分かった。悪ぶらなくていい」

草の匂いの中にそう呟き、翡翠命は微笑んだ。

「暫《しばら》くは、大人しくしていよ。時津主」

さらに大きくなった瞳に背を向け、翡翠命は不知火の先頭に移動した。事の次第を見ていたのであろう弓上尊が、様になってきた騎乗姿で近づいてきた。

「お見事」

言葉遣いが変わったのか。弓上尊の中にあった侮りはなくなっただろう。

しかし、まだ足りない。翡翠命への思いを、帥升への忠義と同じほどまでに高めなければならない。大和に抗するためには、まだ足りなかった。

「まだです」

口を開こうとした弓上尊を遮り、翡翠命は首を横にふった。

「まだと言うと?」

「投馬の大望は、一度軍旅を追い返した程度では終わりません。むしろ、二千を追い返したことで、投馬の大王は逆上するでしょう」

弓上尊が口もとをゆがめ、唸り声を上げた。

「軍将の家人を身代に捕える男です。人の裏切りを疑う者は、自分が裏切ることを常に考えているもの。さような男が邪馬台の北にいたのでは、大和を迎え撃つなどできません」

「翡翠命。お主まさか」

頷き、剣を鞘に納めた。

「全軍疾駆。明日には、投馬を落とします」

高島宮を逃れた時から、生死のぎりぎりを生きてきた。

不知火にとって、艱難《かんなん》は朝夕のことでしかない。翡翠命の言葉に躊躇する者は、ただの一人もいなかった。

七

投馬の都邑が見えてきた。

両開きの門は開け放たれている。槍を交差させる二人の衛士《えじ》の間を、翡翠命は先頭で突き抜けた。長大な千年川《ちとせがわ》（現在の筑後川）を背後に、街並みは海まで広がっており、故郷である長髄の邑以上の広大さがあった。

並ぶ館の作りは、どこか大陸を感じさせるものだ。

呆気にとられたように翡翠命たちを見上げる民が着ている衣も色鮮やかで、その腕の高さが分かる。投馬の豊かさがうかがい知れるが、民の表情は一様に暗くやつれていた。

足を止めるか迷い、翡翠命は頭を馬首に近づけた。

重い課役《えつき》と果てなく続く戦乱によるものだろう。投馬では大王の猜疑によって、無数の民が獄に落とされ、耳を塞ぎたくなるような拷問に死んでいくという。投馬の民の姿は、翡翠命に何か大事なことを伝えようとしていた。

不知火を防ぐための衛士の動きも鈍かった。

邪馬台に軍を出し、北の諸邑に対しても軍を配している。都邑を攻められるとは夢にも思っていないのだろう。非常を告げる鉦が鳴り響き始めたとき、翡翠命はその視界に大王の御舎《みあらか》を捉えていた。

「右滅彦。正面からいくぞ」

「御意」

疾駆する不知火の最後尾には、弓上尊が信じられないような面持ちで付いてきている。速さこそが、騎馬の強さだ。邪馬台に侵入した投馬兵の敗報は、まだ届いていないはずだ。届く頃には、報せるべき投馬の大王はいない。

御舎へと続く両開きの門の前には、五十以上の軍兵が戟を構えていた。殺さずに国を落とすことなど、甘えでしかない。

握りしめた手綱の堅さが、跳ねそうになる鼓動を鎮めた。決めたのだ。己を護るのは、己自身だと。死の恐怖から己を護るためには、剣を執ることが唯一の道だと。

数多の命を、大和から救うためには――。

息に声が乗り、それはつかの間で叫びとなった。前から後ろへ、剣を振りきった。舞い上がり、落ち始めた一条の血筋が視界から消えたとき、敵を突き破っていた。三人の命を、消した。その実感だけが握る拳の中にあった。

二度息をつき、うつむいた視線を上げた。

三層からなる御舎は、ここに住まう者の質を表してあまりある。これほどのものを造営するために、民はどれほど疲弊したのか。翡翠命を見下ろす一人の男がいた。

怒りを滲ませる瞳には、己を至高とする光だけがある。

「右滅彦」

「はっ」

「撃ち落とせ」

「話をせずとも？」

毒には毒なりの使い方がある。左慈の言葉だった。人の身体を治す薬は、毒と表裏をなすもの。ここまでの都邑を築き上げた才は、認めるべきものだ。だが、大和と戦う翡翠命の麾下に、裏切るかもしれぬ男を加えることは毒でしかない。

磔《はりつけ》にされた高島宮の八十帥《やそたける》が脳裏に浮かんだとき、翡翠命は舌打ちした。思い浮かんだのは、どこまでも不快な言葉だった。

「民草の恨みを、一身に背負ってもらう」

非道の大王が薨じ、翡翠命が善政を敷けば、投馬は労せずして手中にできる。

敵である丹波道主や御真木ならば同じように考えるだろう。こみ上げていた不愉快なものは、だが、それこそが翡翠命が受け入れると決めたものだった。

「任せた」

右滅彦の頷きを見て、翡翠命は御舎に背を向けた。

大王の死は、邑に喜びも悲しみももたらさなかった。誰が上に立とうと同じことの繰り返しだ。御舎に群がる民の虚ろな目に、戦乱の根深さを突きつけられた気がした。

磯の香りが、鼻の奥をくすぐった。

海に面する断崖に、堅牢な砦がある。その入口に立ったとき、翡翠命は肌に寒いものがまとわりつくのを感じた。赤く染まった石が無数に転がっている。

風の音なのか、亡者の叫びなのか。砦を包むのはひどく禍々しい風だった。

「弓上尊。ここは」

「邪馬台の軍兵の中にも、ここで死んでいった者がおりますのう」

静かな怒りを湛《たた》える言葉に、翡翠命はそうかと一言呟いた。いかなる邑にも獄はある。罪を犯した者に、償わせるためのものだ。長髄の邑にも、小さなものが一つだけあった。

「出るには骸にならねばならぬ。漂う死の臭いが、邑を暗くしておるようじゃ」

弓上尊の言葉は的外れなものではない。

王に逆らわば、投馬で生きることは許されない。邪馬台に攻めてきた時津主の家族も、征討の成否によって砦の塵と死ぬはずだった。

「中の者は?」

「二百人余。そのほとんどが、大王への不敬」

恐怖で民を統べる者の世では、敗れることは死ぬことなのだ。

「時津主」

不知火の後ろで身体を小さくしている時津主を呼んだ。緊張した面持ちで、男が跪いた。

「北の国境に配されている軍旅は、どれほどです?」

今にも消えてしまいそうな気配を発する時津主が唾をのんだ。

「五百の軍旅が二つと、百の軍旅が五つです」

「そなたの率いていた二千を加えた軍兵が、投馬の全てですか？」

「王を護る五百の軍旅が」

その軍を率いる者は大王の血族で固められ、投馬の中でも厚く遇されているという。ほかの軍の軍将たちは、その全てが身代をとられている。

「では時津主。あなたに頼みます。国境に展開する軍将たちの家人を解き放ってください」

時津主が身動ぎした。

「彼らの中には大望を抱く者もおります」

身代を解放すれば、翡翠命を倒して大王になろうと立ち上がる者もいる。時津主はそう言っていた。昨日剣を交えたとは思えぬ従順さに苦笑した。

「礼を言います。時津主。ですが、かまいません。そなたは力を貸してくれるのでしょう？」

はっとしたように、時津主が頭を下げた。

「身代を解き放ち、軍将たちを説いてください」

「神子が投馬の大王になると？」

「いえ」

顔を上げた時津主が目を細めた。弓上尊も隣で耳をそばだてている。波の音が静かになった瞬間を狙って、翡翠命は視線を海の方に向けた。

「倭の国々を統べる唯一の者になること。それが私の務です」

時津主が怪訝な表情をし、弓上尊が肩を震わせた。

「火の神子。熊襲の九重彦が付けた名です。大和の大王であり、天孫を名乗る御真木入日子に対抗するための名。できがいいとは思いませんが、こういうものは言ったもの勝ちです」

神の子として、天の孫と戦う。

王という名は人が作り出した、人としての位でしかない。人以上の存在を唱える御真木に抗うためには、王以上の何者かにならねばならなかった。

神として、倭を統べる者に。

「頼みましたよ」

時津主の頷きが波の音に紛れ、弓上尊が息を吐き出した。

翡翠命に降ることを拒んだ大王直下の五百を討ち、右滅彦が戻ってきたのはそれから二日たってからだった。水平線に浮かぶ満月は、海の匂いを強く感じさせる。

右滅彦と弓上尊、そして時津主の三人を砦へ集めた。

「神子」

右滅彦が跪き、つかの間遅れて二人が跪いた。

倭に辿り着いて、一年が経った。大和との戦の始まりを決断したのは自分自身だ。右滅彦の鎧姿が、それを強く意識させた。後戻りは、もうできない。

「弓上尊。返事を聞きましょう」

思いが定まっていることは分かっていた。弓上尊が苦笑した。

「老骨は、まだ死ねぬようです」

弓上尊が頭を垂れた。

「邪馬台の大王は、神子、あなたに」

「そのつもりはない」

老人の白髪が小さく揺れた。

「私は王になりたいわけではありません。大和から己の命を護りたいだけです」

「しかし邪馬台は王家が断絶しております。誰かが頂点に立たねばなりますまい」

「王はいらぬ」

「民草が得心いたしませぬ」

弓上尊の言葉も分かる。だが、それでは繰り返しにしか過ぎないのだ。翡翠命が思い描く倭の後世に、大王はいない。

「邪馬台を中心とした諸国の合従《がっしょう》。その中心国として、邪馬台を王なき国にします」

「合従?」

「投馬、伊都《いと》(現在の福岡県北部)、不弥そして二十からなる小国。その全てが従う合従です。私は火の神子として、その頂きに君臨する」

弓上尊が唸り声を上げげた。

人が争う由は二つある。

己と他者の境があるがゆえの争い。そしてもう一つが、王という存在をかけた争いだ。頂きにあるはずの存在が右を見ても左を見ても、各地にいる。名実の食い違いをなくそうと、王は王を殺そうとするのだ。

「弓上尊」

高揚した表情で弓上尊が頷いた。

「そなたは、熊襲の九重彦と結び、邪馬台を鎮めよ」

「知り尽くした地なれば」

頷き、翡翠命は南へ視線を向けた。

「八城《やつしろ》（現在の熊本県八代市）を制したのち、国づくりを始めよ。南の十国盟邦の脅威を防ぎつつ、遂行せねばならぬ艱難なものだ。十国盟邦の背後には隼人という大国も控えている」

「倭の一統は、帥升様が志し成し遂げられなかった夢でもあります。儂の全霊にかけて」

邪馬台の地では、弓上尊の名声がものを言うだろう。

王なき今、民草が頂点と仰ぐのは帥升の右腕であった弓上尊をおいて他にはいない。帥升の墓守に固執せねば邪馬台を平定することは造作もないはずだった。

「時津主」

「はい」

「そなたはこの投馬の地で、虐げられてきた民草により添う政を行え。邪馬台の地で、麾下の命を選んだそなたであればできる」

時津主が恐る恐る首をふった。

「俺に政の知はありませぬ」

「死に物狂いで、考えよ。政の事情で民草を動かすな。民の事情を、政とせよ」

逃げてきた軍兵が口々に時津主の助命を嘆願してきたとき、翡翠命は決めた。人を思いやる心はある。心を才に変えられるかどうかは、これから次第だろう。

抗えぬと悟ったのか、時津主が頭を垂れた。

老人と青年に微笑んだとき、強い視線を感じた。中央に跪く右滅彦が、まっすぐ翡翠命を見つめていた。

「ひい様」

隠れ里から死に怯える翡翠命を連れ出し、自分の身を傷つけながら翡翠命を護ってきた。翡翠命にとって唯一の家族であり、この世で最も信じることのできる者だ。

右滅彦にならば、頼める。

「投馬の地に大王はいなくなった」

「民草の敵でした」

「私が殺した」

右滅彦が静かに首を横にふった。

「手を下したのは俺です」

「昔からそうだったな、右滅彦。お前はいつだって私を庇う」

「それが俺の務です」

「父から命じられた」

右滅彦が微笑んだ。

「それだけではありません」

たった一人の家族だ。高島宮で大和軍に包囲された右滅彦を救いたいと願ったがゆえ、自分は死への怯えに打ち勝つことができた。

目の前にある兄の笑顔が、ただ嬉しかった。

「これからも、私を庇うのであろうな」

「御意」

「二言はないな」

「はい」

思わず頰が緩んだ。

「右滅彦。そなたに命じる」

右滅彦が頷いた。

「投馬の大王となれ」

右滅彦の瞳が大きくなり、息を吞みこんだ。

「必ずや」

右滅彦が頭を垂れた。

「時津主、右滅彦の隣を頼みます」

「畏まりました」

「邪馬台、投馬の両国が倭の要となる。南の十国盟邦が邪馬台を窺うようであれば、手を携え跳ね返せ」

三人の声が重なった。

「ひい様は」

右滅彦の声に背を向け、沈みそうな月を睨んだ。

「両国を平定したのち、不知火を率い、北の国々を討つ。右滅彦。投馬はその後ろ盾となる」

「それは俺の役柄では？」

「私がやらねばならぬことだ。火神子という名に実を持たせるための試練。私自ら伊都、不弥、奴《な》（現在の大分県北部）、末盧《まつろ》（現在の佐賀県、長崎県）を従えて初めて、合従は形をなす」

大和の征討まで、あとどれほどの猶予があるのか。丹波道主軍は瀬戸内の島国、黒師《こくし》（現在の四国）との戦に入った。北方の吉備津彦に関する報せはない。

倭を統べる火神子となる。

大和の両翼が、倭の地を踏む前に果たさねばならぬことだった。

大乱

一

吹きすさぶ冷たい風の心地よさは、もう何年も忘れていた感覚だった。

久方ぶりに見下ろす八城《やつしろ》（現在の熊本県八代市）の街並みは、昔日の姿とはあまりに違う。かつての八城には帥升《すいしょう》がいて、友がいた。猛々しい旗鼓が連なり、何者も侵すことのできぬ権勢があった。

隔世の観がある街並みに、弓上尊《ゆみかみたける》は思わず苦笑した。

「二十年も経てば、様変わりするものよのう」

あの頃は、帥升のもと倭《わ》に泰平をもたらすことが己の使命だと確信していた。

「幻の夢、とでも言おうかのう」

櫓《やぐら》の上から見える南北に延びた道を歩く者はまばらだ。多くの民であふれ、前に進むことも一苦労だったことを思っても、失われたものは余りにも大きかったのだろう。

帥升が毒に死に、弓上尊が退いた戦場では、もはや邪馬台《やまたい》（現在の熊本県北部）は強者ではなかった。それまで帥升に圧迫され、滅ぼされた者たちの恨みは、想像以上に強大な牙となって跳ね返ってきた。

各地で邪馬台の軍は敗北していった。帥升の奥津城《おくつき》（墓）に届けられた敗報の中には、ともに戦場を駆けた友の名がいくつもあった。

そのたびに、剣を帥升の石棺の傍に立てた。

帥升亡き後の跡目争いで、王弟と王子の内乱が長引いたことも邪馬台が弱くなった一因だろう。周囲から攻められ、内側でも戦の続いた領土は荒廃し、やがて人心も離れていった。

北の四つの大国は南下の機を窺い、南にひしめく小国もまた、隼人《はやと》（現在の鹿児島県）という大国の猛威に怯え邪馬台を狙う。そんな状況の中で自分にできるのは、ただ帥升の奥津城を守ることだけだと思っていた。

戦乱に倦《う》んでいたわけではない。ただ、帥升にすらなしえなかったことが、他の誰かにできるなどとは到底思えなかったのだ。

戦場から去ることを決めてから、二十年が経った。

帥升を越えるかもしれぬ。

そう思ってしまうほどの才能と出会ったのは、思ってもみなかったことだった。

少女は今、必死に馬を駆っているだろう。

北の四カ国、伊都《いと》（現在の福岡県北部）、不弥《ふみ》（現在の福岡県東部）、末盧《まつろ》（現在の佐賀県、長崎県）、奴《な》

（現在の大分県北部）が盟を結んだとの報を受け、翡翠命《ひすいのみこと》は三百騎の不知火《しらぬい》とともに投馬《とうま》（現在の福岡県南西部）へと北上していった。

留守は全て任せる。

少女の言葉もまた、気持ちの良いものだった。

八城の街並みに目を細め、弓上尊は櫓の上で腕を組んだ。漂ってきた炊煙の香りに腹が鳴った。

「違うが、だがよく似ておる」

翡翠命に感じる強さは、帥升にも通じるものがある。だが、それだけではない何かを、弓上尊は少女の中に感じていた。

火神子《ひみこ》を名乗る少女が現れて、まだ半年も経っていない。

にもかかわらず、一人の少女は、倭に満ちた淀んだ空気を一掃する大風を起こしていた。投馬を雷光の速さで落とし、返す剣で邪馬台を隅々まで制圧した。

時がうねりをあげている。

老いた自分がそう感じてしまうほど、世の動きは荒々しさをまとい始めていた。

大和《やまと》の天孫を名乗る男が起こした炎は、翡翠命という火の粉を飛ばし、倭の大地に大火をもたらした。二国の平定は、全てを諦めていた弓上尊では到底なしえなかったものだ。

帥升への忠義はそのままに、戦え。

翡翠命が弓上尊に投げかけてきた言葉が、いつしか清々しいものに変わっていくのを感じていた。それが、翡翠命という孫のような歳の少女に対する老婆心なのか、それとも主への忠義なのか。だが、深くは考えなかった。翡翠命の下で戦うことが、帥升の夢を果たすものであるのならば、それでいい。

邪馬台を制した翡翠命は、王家の蔵を開き、真っ先に民の家を整えさせた。帰る地があれば、人心は乱れぬ。そう言った翡翠命の言葉に寂しげなものが滲んだことに、弓上尊は気づいていたが、あえて口をつぐんだ。

瞳の寂しさが消えぬ間にも、翡翠命は二国を治めるため様々な則《のり》を制定していった。

稲作が中心の倭では、水の利を巡る争いが絶えない。翡翠命は水利を支配下に置き、公正に水が行きわたるよう各地に官吏を配した。反発した上流の邑《むら》の一つを、流罪にする強引さもあった。帥升を超えるかもしれない。

采配をふる少女の姿に、二十年間沈みきっていた弓上尊の思いは、徐々に色味を取り戻していった。帥升の弟や子とは違う。帥升が成し遂げられなかった倭国統一を、この少女の下であれば成し遂げられるかもしれない。

二の腕を伸ばし、こぼれた息に苦笑した。身体はどうしようもなく老いている。

「むこう二年、もってくれれば、神子《みこ》の助けにはなるか」

大和の侵攻は、一年から二年後だろう。

死した帥升の静謐《せいひつ》を保つためにも、大和を追い払わねばならない。剣は振れる。兵二人がかりで引くのがやっとの強弓もまだ使える。若い将しかいない翡翠命の麾下《きか》では、老いた自分の知が役に立つこともあるだろう。

あと二年。できることならば戦場に戦い、帥升の夢を果たしたかった。

夕暮れの大地に深く頷き、弓上尊は櫓を降りた。


急を告げる報せが届いたのは、右滅彦《うめつひこ》と翡翠命が北の四カ国と戦を始めたという伝令が届いた翌日だった。

下唇を噛み、長く伸びた鬚を握りしめた。

「なんともまあ、機を外さぬというか。間の悪いことだ。これだから、隼人の連中は好かん」

傍に控えていた従者たちの、蒼ざめ、汗を流す顔に舌打ちした。

隼人の大王《おおきみ》菊地《きくち》彦《ひこ》の出征は、想定しうる中で最悪のものだった。

「仔細を」

縦に置いた丸太があるだけの室の中、弓上尊を前に、天草主《あまくさぬし》が頭を上げた。

「邪馬台の南、盟を結んでいた十カ国が菊地彦に臣従したようです。隼人五千の軍旅（軍勢）に加え、盟邦の軍旅およそ三千。八千を超える大軍が、八城に向け進軍しております」

「八城には、どれほど結集できる？」

もとより、邪馬台の全兵を合わせても四千に届かない。天草主が苦々しげに口を開いた。

「十日の地にある軍旅を呼び戻しても、千五百ほど。神子に援軍を頼むべきかと」

「それはできぬな」

立ち上がった天草主に、座れと視線を下げた。

「神子は伊都を始めとした北の諸国と戦の最中じゃ。割けたとしても、千に満たぬであろう。それで覆せるほど菊地彦は甘くない」

「ではどうするおつもりです？」

にやりとし、弓上尊は首を叩いた。

「戦は敵の軍将を殺せば勝ちじゃ」

「菊地彦を討つと？」

「今、隼人の軍を北に行かせるわけにはいかぬ。北の戦線も、勢いは拮抗した戦じゃ。ここで止めねば、倭の世はこれまでだ」

天草主が目を細め、横を向いた。

「お叱りを承知で申し上げても？」

「言わんとすることは分かるが、言ってみよ」

「菊地彦に降られませ」

天草主は、自分の命が惜しくてそのようなことを言う男ではない。弓上尊の身を案じていると分かっているだけに、怒る気にはならなかった。

「たとえ邪馬台の全兵を結集させても、菊地彦には勝てませぬ」

「随分と情けないことを言うではないか」

「菊地彦の武勇は広く知れ渡っています。兵の中にも、名を聞いただけで怯える者は数多くおります」

「儂《わし》が勝てぬとでも思っておるのかのう？」

「我が主は老いられました」

言いにくいことでもはっきりと言う。自分の副将として、天草主以上の者はいないと断言できた。肩を叩き、立ち上がらせた。

「なあ、天草主よ。儂の生きる由が何であるか、お主は分かっているであろう？」

「帥升様との約定でございましょう」

欠片《かけら》の軽さもない天草主の瞳に、弓上尊は頷いた。

「倭を統《す》べる者の力となれ。帥升様は今わの際でそうおおせられた」

「ここで死ねば、約定は果たせませぬ」

「菊地彦ではないのじゃ」

ゆっくりと口にした言葉は、確信だった。

帥升の弟と子が争ったときも、同じことを思った。彼らではない。武だけでは駄目なのだ。敵に勝つだけでは、決して果たせないことがある。帥升の死が、弓上尊にそれを教えた。

帥升は、並ぶ者なき王だった。

剣を振るえば打ちあえる者はなく、軍を率いれば勝てる者はいなかった。その生涯に敗《ま》けはない。だが、今なお伝えられる偉大な帥升ですら、倭を統一することは叶わなかった。

強大な武は、敵を震え上がらせ、剣を持たせる。

己の武が、敵を育て、己を傷つけるのだ。

毒に死んだ帥升は、己の過ちを教えとせよと遺して逝った。

武力だけが貴きものだと信じることは、果てない戦乱への入口でしかない。帥升の死以来二十年、武を力と信じる者が割拠したがゆえに、倭の地は大乱と呼ばれる混沌に陥った。

「武が全てではないのだ」

帥升が己の死に気づき、弓上尊の中に遺したものだ。

「勝ちも負けも、すべて含めて人だ。強き者もいれば、弱き者もいる。弱くても勝つことがあろう。強くとも敗けることがある。勝者と敗者。双方がともに手を取りあわねば、泰平の世はありえぬ」

「菊地彦ではそれがなせぬと?」

「大和もそうであろうのう。己の強さを知り抜いておる。一つの強みだが、あ奴らは弱者の持つ恐れを知らぬ。帥升様が己の死に向かいあって初めて知られたことじゃ」

寝台に横たわる帥升が流した涙は、未だに忘れられぬものだ。

万人の上に立ち、厳しく己を律してきた帥升が泣いたなど、二十年たった今でも信じられぬことだ。だが、だからこそ帥升の遺言は、弓上尊の心に深く刺さった。

「死ぬことへの畏れ。老いに、衰弱に、何者かに殺されることの恐怖。強すぎる者は、己が死ぬことの恐怖を知らぬ。じゃが、敗者は常に死への恐れを抱えて生きておる。死への恐れを知らぬ者が、敗者により添えると思うか?」

「私から見れば、神子も十分に強いお方です。我が主や菊地彦にすら伍すると思うほどに」

「調練のとき、お主は対峙した神子に斬りかかれなかったのう」

「一歩でも踏み出せば両断される。目の前の華奢な身体を見れば、そんなことはありえないと思いました。手にしているのは木刀。それでも、私は殺されるやもしれぬと感じました」

天草主は、人を過大にも過小にも評さない。頷き、鬚をなでた。

「ほんの一年前の話じゃ。神子は戦うことに怯え、泣き、戦陣に背を向けていたという」

「まさか」

「いかなるときも神子を庇う右滅彦が言っておるのだから間違いなかろう。時折軟弱な心柄《こころがら》も感じるが、あ奴ほどの忠義者は珍しい」

「主は、右滅彦殿のような武人がお好きですものなあ」

呆れるような表情を浮かべた天草主が、顔を引き締めた。

「神子は何故?」

「神子の父君は、遠い地で名の知れた大王であった。国は静か。豊穣を喜び、友と笑いあえる良き邑《むら》だったそうじゃ」

「大和に滅ぼされた長髄《ながすね》（現在の奈良県桜井市）の邑でしたか」

名は弓上尊も知っていた。

「そのとき、神子も死を悟っていたという。己が死に、御真木《みまき》が泰平の世を創るのであれば、旧《ふる》き王家は滅ぶべきだとな。じゃが、年端もいかぬ従弟《いとこ》が嬲《なぶ》り殺しにされる様を目のあたりにし、死への恐怖に怯え、逃げ出した」

「軟弱な、とは言えませぬな」

「年端もいかぬ十六の乙女子《おとめご》だ。己の死が泰平をもたらすと考えられることが、似つかわしくない歳じゃ」

己が十六歳のときはどうであったか。

酒を片手に語る右滅彦の言葉を聞きながら、弓上尊はそう思い返した。自分のことで手いっぱいだった気がする。周囲のことなど考えず、己の強さを誇示できればそれで満足だった。

「年相応なのじゃ。死を目のあたりにし、神子はその恐怖を知った。以来、神子は自分が死を恐れる弱者と思いこみ、命が脅かされるような地には決して近づかなかった」

「何が神子を変えたのです？」

詳しくは知らぬが、そう前置きして視線を北へと向けた。

「死を恐れることは、弱さではないと知ったのだという。恐れてなお、立ち向かえば強さにもかわるのだとのう。敵に包囲された右滅彦を救い出した神子は、死を恐れながらも、その恐れと戦い、跳ね返すことを覚悟された」

天草主が唸り声を上げた。

「死の恐怖を知り、敗者により添えるのが神子であると？」

「死を限りなく恐れていた。にもかかわらず、死ぬしかなかった右滅彦を、自ら救い出した。敗者の抱く恐怖を知り、勝者になるための力がある。百年に一人」

あたりが静まり返っていた。

「儂は、神子しかおらぬと思っておる」

弓上尊がそこまで言い切った者は、一人もいない。それをよく知る者たちだ。沈黙のあと、天草主が天井を見上げ、そして懐から一巻の竹簡を取り出した。

「末盧の大王、伊實彦《いさねひこ》からです」

「懐かしいのう。帥升様の下で戦っていたとき以来じゃ」

「主の返答しだいで盟を離れ、援けを送ると言っております。神子が、帥升様を超える存在であるのか。帥升様に最も近かった男の見立てを聞きたいと」

ともに帥升を支えてきた伊實彦は、いかなる戦でも常に怜悧な男だった。伊實彦が後衛を護っているというだけで、弓上尊は思う存分戦場を駆けまわることができた。

伊實彦は、決して理から外れない。

北の盟邦に与《くみ》したのは、大和の猛威を避けるためだろう。ただ同時に、伊實彦は弓上尊の姿を見てもいたのだ。帥升の影を追い、翡翠命にその影を重ねているであろう弓上尊を。

だからこそ、使人《しじん》を送ってきた。北で盟邦諸国と対峙し、南からは隼人の大軍が迫っている。そのような絶望的な状況であっても、翡翠命に帥升の影を重ねられるかと。

静かな視線を向ける天草主に、手を一つ叩いた。立ち上がり、笑った。

「帥升様以上だと返答せよ」

伊實彦もまた帥升の影を追っていたのかもしれない。数十年ぶりに瞼《まぶた》の裏に浮かべた盟友の姿に、頬が吊り上がった。

倭の覇者師升の想いが、ここにきて芽吹き始めたようにも感じた。

二

厄介な男だった。

戦場を生き生きと駆けまわる姿は、とても五十半ばとは思えない。枯草の平原に吹きすさぶ風に、菊地彦の血もふつふつと沸き上がっていた。今すぐにでも飛び出して、弓上尊と剣をあわせたい。

一歩、前に出たときだった。背後からの視線が菊地彦の脚を凍りつかせた。

「どちらに行かれるおつもりで？」

「指揮は任せた」

「否に決まっているでしょう」

にべもない言葉に舌打ちし、菊地彦は声の主の方をふり返った。

風になびく旗の下で、長い黒髪を背でまとめた日向《ひむか》が、呆れたような表情を浮かべていた。腕を組み平原を見つめる瞳には、理知の輝きが強い。近づき、その横に並んだ。

「さすがだな。わずか千ほどの軍旅で、三千の軍旅に伍するとは」

「敵は師升の剣と謳《うた》われた弓上尊です。二十年も前に一線は退いていますが、当時は戦陣にあって厄神のごとく恐れられた軍将です」

「切嶼武《きりしまたける》もいい指揮官なのだがな」

「同数で戦えば、大王や私でさえ敵わぬでしょう。切嶼武はよくやっていると言えます」

前衛三千を指揮する切嶼武は、まだ若く、二十歳を超えたばかりだ。

菊地彦が隼人の王位を取り戻して真っ先に行ったのが、日向の副将への登用と、切嶼武の抜擢だった。若い力を育てねばならない。それは高島宮《たかしまのみや》（現在の兵庫県西部）で翡翠命に出会ってから、脳裏にこびりついた想いだった。

喚声が戦場に響いた。

弓上尊によって切嶼武の手勢が、三つに切り裂かれていた。

不意に動きを変えた弓上尊に対して、切嶼武は慌ててはいない。三つに分かれたまま、包囲するように動いている。冷静さは、戦で重要な資質だった。ただ、足りない。

「俺が見こんだ男だけはあるが、まだまだ」

菊地彦の呟きに、日向が目を細めた。

弓上尊の動きは、ぞっとするほどの鋭さを持っていた。

切嶼武の指揮に、兵がわずかに遅れた。調練で上手くいこうと、実戦は全く違うものだ。傍には腸《はらわた》をまき散らした仲間が横たわっている。悍《おぞ》ましい現実の中で、調練通りに動けないのはあたり前なのだ。戦の中で、切嶼武が気づくべきことだった。

切嶼武の指揮の隙に、弓上尊が容赦なく襲いかかった。

包囲から抜け出した弓上尊軍の一部と、包囲の中に残った本隊による挟撃。切嶼武軍の一部が、大きく崩れた。

「ああなれば、軍をまとめるのは難しい」

切嶼武の指揮が行き届いているのは、すでに周囲の五百ほどだろう。

他を切り捨て、その五百のみを動かすことを考えれば、勝負は五分になる。だが、そこまでの非情さは、まだ切嶼武にはない。

味方の潰走を止めようとした切嶼武が、さらに崩された。

「やはり、弓上尊とは俺が戦いたかった」

「強い敵は避ける。それが戦の常道です。私はこの戦すら不要のものだったと思いますが」

「まあそう言うな。実戦で知る一が、調練で知る十よりも大きいこともある。隼人は調練では精強だが、実戦の知は心もとない。相手が弓上尊であれば、知ることも多いであろうよ」

菊地彦の悪い癖だとでも思っているのだろう。あからさまに溜息をついた日向に菊地彦は苦笑した。才は飛び抜けている。だが、日向には自分こそが一番正しいと思う癖がある。

苦笑をおさめ、手を前に伸ばした。

「が、このままではまずいことも確かだ」

実戦が与えてくれるものには善し悪しがある。圧倒的な兵力を持ちながら、少数の敵に敗れれば、軍兵たちは自分が弱者と思いこむ。

「俺が行かぬのであれば、日向。お前が行ってこい」

面倒臭そうな顔をして、日向が腕を回した。

菊地彦なき隼人で、王位を継いでいたのが弟だった。弟では大和に抗えぬと、菊地彦を迎え入れたのが、当時、政《まつりごと》の次席にいた日向だ。

先の見える日向は、その場だけしか考えぬ自分にとって、大事な男だった。

「全軍を動かします」

「俺を護る軍旅は？」

「大王を護れる者など、この世のどこにもおりますまい」

「楽をするのが好きだなあ。お前は」

肩を竦《すく》めた日向が頭を下げ、前に歩き出した。

日向は弓上尊を恐れてもいないが、油断してもいない。現状、三千と千の兵力差がある戦場で、日向はさらに残る七千全軍を動かすと言った。弓上尊といえども、千ではいかんともしがたいだろう。

弓上尊を退かせるために、最も労のいらぬ手だ。

動き出した大軍の砂埃に、弓上尊の勢いがいきなり強烈なものになった。地を踏みしめろ。歯で敵に食らいつけ。目を細めた菊地彦は、次の瞬間、握りしめた拳を緩めた。

切嶼武が潰走しかけたとき、弓上尊が反転した。見事な動きだった。戦う兵の目には、勢いに乗った弓上尊は火の玉のようにも見えただろう。切嶼武はよく耐えた。

語り継がれるほどの将相手に耐えきったという事実が、兵の強さになる。そして、良いようにふり回された屈辱が、切嶼武の糧となる。小指に感じる風に、冷たさが加わった。

陽が、暮れようとしていた。

八城は平原に広がる巨大な邑だった。

鈴虫の鳴き声やかましい峠を越え、見えてきた八城の街並みは、菊地彦に懐かしさを感じさせた。竹筒にいれた水を口に含み、地面に吐きだす。もう少し行けば、流れの速い大河が見えてくる。残りの水を確認し、竹筒を頭の上で逆さにした。

ゆだる身体が、ほんのわずか涼しくなった。

二十余年ぶりだった。

まだ帥升が倭王としてこの地に君臨していた頃だ。当時の八城は、倭で最も栄えた邑として、諸国の幸や人が競うようにして集まっていた。それらを上手く使いこなし、邪馬台を空前の大国へ導いたのが帥升という偉大な大王だった。

十代半ば、隼人の王位を望まれていた菊地彦も、帥升を一目見ようとこの地を訪れた。そこで目にしたものが、菊地彦の一世を決めたといってもいい。

それは平原で軍を操る、あまりにも鮮やかな弓上尊の姿だった。

調練の盗み見は、断罪されてもおかしくないものだが、それでも思わず草むらから飛び出していた。一騎打ちを叫んだ菊地彦に、まだ若かった弓上尊は微笑み、剣を抜いた。

その記憶は曖昧なものだった。

気付いたとき、菊地彦の視界に映っていたのは、蒼空の中を凄まじい速さで流れゆく白雲だった。強くなれ。その言葉だけが視界の外から聞こえてきたのを覚えている。

弓上尊を従えた帥升は、必ず倭をあまねく統一する大王になるだろう。童子《わらべこ》ながら、確信にも似た思いを持った。だが、それからすぐのことだった。強大な大王であった帥升が毒に死に、菊地彦を打ち負かした弓上尊が戦場から姿を消したのは。

震えるほどの、衝撃だった。

あれほどの男たちでも、成し遂げられないというのか。

弓上尊にすら敗けた自分が王位を継いだとしても、倭を統一するなど戯言《ざれごと》にすぎない。圧倒的な力がいる。弓上尊にすら敗けない力が。

王位を継がず求道の旅に出たのは、強さを求めたがゆえだった。

帥升と弓上尊を併せた以上の強さがいると思った。倭を統一するためには、何者にも敗けぬ強さがいる。それがなせるのは、自分をおいて他にはいないという自負もあった。

だが、旅に出た菊地彦を待っていたのは、自分よりも遥かに弱い者たちだった。

まともに打ちあうことすらない。一つ剣を振れば、向かいあった者は死んでいった。自分より強い者を探し続けていた。弓上尊など、歯牙にもかけないほどの強き者を。

倦んでいたのだろう。いつしか、己の強さは絶望に変わっていった。

暗闇が、蘇ってきた。

火に囲まれた丘の上には、鼻をくすぐる潮風が吹いていた。

丹波道主《たにわのみちぬし》軍に包囲された丘の上で、たった一人現れた少女は、ともに戦っていた右滅彦に手を差し伸べた。一年前の光景は、未だ鮮やかに瞼の裏にあった。

その姿を見た瞬間、全身の毛が逆立った。

三十四年の一世の中で、あれほど鼓動が速くなったことはない。求めていた相手だと確信した。止まりかけていた心臓が、早鐘のように動き出していた。

十歩もない距離だった。その間合いで菊地彦が本気で剣を振り、死ななかった者はかつていない。だが、目の前に立つ翡翠命から漂ってきたのは、菊地彦が斬り斃される気配だった。

この少女を斃せば、探していた強さが手に入るかもしれない。

歓喜と、何故か微かなわだかまりが、胸のうちで渦巻いた。

宇沙《うさ》の湊（現在の大分県宇佐市）までともに旅をし、菊地彦は姿を消した。

命がけの戦いをしたかった。そのために相応《ふさわ》しい場がいると心に定めたのだ。相手が翡翠命であれば、語り継がれるほどの戦いになるだろう。

少女は、倭を統一しようと目論んでいた。それは途方もない夢だ。かつての帥升ですら成し遂げられなかった夢。だがなぜか菊地彦は翡翠命であれば、成し遂げられるかもしれぬと理由なき予感を抱いてしまった。倭を手にせんと欲する翡翠命と戦うには軍の力がいる。

ゆえに、放棄した隼人の王位を取り戻すことを欲した。

菊地彦が大きくなる以上に、翡翠命は倭の地で巨大な存在になっていた。

瞬く間に邪馬台と投馬を斬り従え、次々に領土を拡大していくその様は、まるで二十年前の帥升を見ているかのような錯覚さえあった。邪馬台の港には、大陸からの船が見たこともない幸を荷揚げし、二十年前以上の賑わいを見せようとしていると言う者さえ出始めた。

そのときになって、菊地彦は翡翠命に感じていた微かなわだかまりの正体を、はっきりと自覚した。

翡翠命は、童子だった菊地彦が目指した以上のものを、全て備えているのだ。

帥升のように巧みに人を操り、国を興す手腕を持ち、弓上尊すら歯牙にかけぬ武力を手にしている。辿り着けるのは自分しかいないと思っていた地の、さらに先に二十歳もいかぬ少女が立っている。

その事実が、菊地彦の心をひどく疼かせていた。

この疼きは、戦場で翡翠命を打ち負かすことでしか癒えない。あの丘で見た気高い少女の首を落とすことでこそ、癒される。その想いが、北上を決意させた。

大和を打ち払うべしという日向の願いは、菊地彦にしてみれば二の次だった。

峠を下った場所で、夜営の準備を命じた。

薄い板金を何重にも重ねた具足を脱ぎ、菊地彦は用意された藁ぶきの家屋に入った。日向と切嶼武が左右に座り、頭を下げていた。日向の目は爛々と輝き、切嶼武の目には強い不満が滲んでいる。

思わず、苦笑した。

これから八城で起きる戦いは、真っ直ぐな戦場に生きてきた弓上尊にとっては耐え難いものになるだろう。惜しい。そう思うと同時に、もはや弓上尊の輝きは、墓守として隠棲したときに失われているとも思った。

ここで散らせてやるのが、戦人《いくさびと》としての礼だろう。

「末盧の伊實彦から使人が」

「おう」

「末盧の軍兵千が八城に入りこみました。他に、民に紛れ三百ほど。戦が始まれば、彼らが内側から城門を開きます」

「弓上尊は、やはり伊實彦を信じたか」

弓上尊の甘さに、日向の瞳が暗く光った。

「帥升の下でともに戦った盟友という思いが強いのでしょう。あの老人は裏切りとは無縁に生きてきました。奥津城の守護者としての二十年余、世に関わらず、無駄に歳を重ねたがゆえに現《うつつ》の厳しさを知らない」

「日向殿、言い過ぎでは」

「切嶼武。お前はさような弓上尊にすら敗けたのだ」

敗けてはいないが、本人はそう感じているのだろう。下唇を噛み、切嶼武が横を向いた。

「私に戯言をきく暇があれば、己が戦を恥じろ」

切嶼武の姿がさらに小さくなった。日向も嫌がらせで言っているわけではない。置かれた握り飯を摑み、頰張った。大きな塊を、一気に飲み下す。

「弓上尊の時は、二十年前で止まったままだ。往古の英雄は、もう眠る頃だ。戦は明朝。明日の夕方には、八城内で軍議を行うぞ」

二人の首肯とともに、のみこんだ握り飯が腹の底に届いた。

三

握りしめた胡桃が、音を立てて割れた。

掌から駆け上がる痛みに歯を食いしばり、翡翠命は拳を太ももに叩きつけた。もうじき夜の帳《とばり》が下りる。耐えてくれ。心の中、滲むような呟きを唱え、翡翠命は馬腹を蹴り上げた。正面にしずむ夕日は、血を流しているかのように赤く染まっている。

倭の地が、いきなり牙を剝《む》いてきたかのようだった。

唸りを上げる向かい風は、気を抜けば吹き飛ばされそうだ。だが、それですら置かれた状況に比べれば優しいと思った。

邪馬台と投馬の平定を終えた翡翠命たちの前に現れたのは、それまで互いにいがみあっていた北部四カ国の盟邦だった。伊都、不弥、末盧、奴、長く争い続けていた四カ国に何がおきたのか。

盟邦軍四千の突然の南下に右滅彦を向かわせたが、戦況は膠着《こうちゃく》していた。

筑紫《つくし》平野での睨みあいは、すでに四十日を越えている。右滅彦率いる兵は二千。今は将の力で拮抗しているが、長くはもたないだろう。敵の兵站《へいたん》線を切ろうと翡翠命も駆け回っていたが、四カ国から複数延びる兵站の全てを察知し、切るのは無理な話だ。

正面から勝ちきるしかない。

右滅彦と決戦を覚悟したとき、二つの竹簡が本陣に届いた。熊襲《くまそ》（現在の大分県玖珠郡九重町）の九重彦《ここのえひこ》と、邪馬台の弓上尊から届けられた竹簡には、紅い封があった。それは、最優先で検分を要求するものだ。二人が紅の封を使ったのは初めてのことで、思わず唾を飲みこんだ。

九重彦からの竹簡は、何が起きているか知るには十分なものだった。

大和の使人が、四カ国に入りこんでいた。

翡翠命に対する盟を結び抵抗すれば、いずれ始まる大和の征討から、四カ国は除く。速吸門《はやすいのと》（現在の山口県）に現れた丹波道主軍の姿が、四カ国を結束させたという。

万余を越える大和の軍が、もう目と鼻の先にいる。

その事実にぞっとしたが、同時に九重彦の竹簡には、西国の盟主侏儒《しゆじゆ》（現在の鳥取県、島根県）への征討はまだ始まっていないとあった。

猶予は、まだある。

九重彦の竹簡は、右滅彦と翡翠命の決戦への覚悟を強固なものにした。だが、それもつかの間、弓上尊の竹簡を開いたとき、血の気が引いた。

南の十の小国が合従し、北進を始めた。

それだけであれば予見もしていたし、弓上尊ならば十分に防ぎきれるはずだった。麾下の中でも最も達筆な弓上尊の静かな文字が、かえって事態の深刻さを訴えていた。

十の小国を統べるは、倭国最南の隼人。

それは想定を遥かに超えた事態だった。倭国大乱と呼ばれるこの二十年、隼人は唯一みずから争いを仕掛けることなく、領内の泰平を保っていた国だ。

率いる軍将の名に、右滅彦が目を細めた。

第十三代隼人国大王、菊地彦。

記されていたのは、高島宮でともに戦い、宇沙の湊に到着した途端姿を消した男の名だった。翡翠命もはっきりと覚えていた。戦乱の空気を纏《まと》い、獣のような殺気を放つ。倭の地で剣を交えると約し、にやりとした姿が、巨大なものとして浮かび上がってきた。

仔細は弓上尊からの二報で伝わってきた。

隼人王家から追放されていた菊地彦は、隼人に帰るや否や、王位にあった弟を倒し、王位を取り戻したという。菊地彦の勇名は、南部では厄神のように轟いていた。帰還した菊地彦のもとに、次々に小国の若者たちが臣従したという。

菊地彦という強烈な戦人に、人が集まった形だった。

荒れ狂うような窮地だった。南北に現れた敵は、その片方ですら翡翠命よりも強大な力を持っている。打つ手を一つ間違えば、手にした力は消え去るだろう。

歯を食いしばり、翡翠命は巨木から垂れた木の枝を剣で斬り裂いた。

末盧からの盟の申し出を、裏切りや騙し討ちと無縁に生きてきた弓上尊が信じたことは無理からぬことだった。帥升の下でともに戦った盟友からの申し出であれば、なおさら疑うことなどできなかっただろう。

有明《ありあけ》の海を渡り、邪馬台の都邑《とゆう》八城に送りこまれた千の軍兵を、弓上尊は城内に引き入れたという。

肌に、霧雨が絡みついてきた。

まだ、死ぬな。

背後を走る不知火三百騎も翡翠命に遅れまいと必死に付いてきている。弓上尊。邪馬台を短い間にまとめ上げた人の良い顔の老人の名に、翡翠は手綱を握りしめた。

末盧の援軍を引き入れた二日後、八城は一万の隼人軍に包囲された。

迎え撃つ弓上尊の手勢は、二千を超える程だった。だが、それでも弓上尊には成算があったのだろう。送られてきた書簡には心暗くするに及ばずとあった。

許さぬ。

人の信を裏切り、菊地彦を城内に引きこんだ末盧の軍に、心の底からどす黒いものが沸き起こっていた。八城を落とす側に立てば、翡翠命でも採ったであろう策だ。頭では分かっていても、怒りは収まらなかった。

夜が明けた。

駆け続けたせいで馬の息もほぼ尽きかけている。

休息をとるべきだった。馬も人も、休ませなければ戦いの最中に力尽きる。海に臨む断崖の上、ごつごつとした岩場に飛び降りた翡翠命は、足の裏から伝わってくる痛みに、剣を投げつけた。獣肉の吸い物を掻きこむと、腹の中が熱くなった。弓上尊は、今この瞬間も食をとる間もなく戦っている。焦る気持ちを抑え、翡翠命は深く息を吸いこんだ。

陽が斜めに起き上ったとき、翡翠命は出立の命を下した。

八千以上の兵力差で始まった戦いだ。くわえて弓上尊は末盧の挟撃を受けている。八城で戦死していることも十分に考えられる。行くべきではないと止めた右滅彦をふり切り、飛び出したのは翡翠命だった。

弓上尊はまだ必要な男だ。

それ以外に由はない。麾下を見捨てることはしない。弱き者を救う者だけが、覇者を止める覇王になる。自分に後世を託して死んだ左慈《さじ》の言葉に従っているだけだ。

言い聞かせるような思いは、消し去りがたい思いの裏返しでもあった。

左智彦《さちひこ》への怒りが、日に日に大きくなっていた。

隠れ里で見た光景を忘れることは、もはやないだろう。子犬のようにどこに行くにも付いてきていた岩戸彦《いわとびこ》の断末魔の叫びは、耳から離れたことがない。力のなかった翡翠命はただそれを眺め、震えることしかできなかった。一族の滅びも、力ある御真木が世に泰平をもたらすならば仕方のないことだと自分に言い聞かせた。

しかし、今の自分には力があった。

まだ不確かであり、吹けば飛びそうなほど不安定なものではある。しかし難升米《なしめ》と出会い弱さを受け入れることによって、自分を卑下することもなくなった。

弓上尊を従え、邪馬台と投馬を斬り従えた。そうして実のある力を手にしたとき、脳裏をよぎった言葉に、翡翠命は心が寒くなった。攻めてくる大和の大軍を破り続ければ、いずれ左智彦が出てくるのではないか。そうなれば、岩戸彦の仇を。

歯を食いしばり、首を横にふった。

八城に駆けるのは、末盧の裏切りに怒りを感じたからではない。

弓上尊を助けたいがゆえ動いたのだ。決して左智彦の裏切りへの怒りからではない。そう思いたかった。

雨が強くなった。

刺すような痛みを伴う水の礫《つぶて》を受け止めながら、海岸を駆け抜けた。所々、雲間から落ちる陽の光が、この世でないかのような風光を創り出している。

荒れた砂利の上で、翡翠命は先頭で光の中に駆け込んだ。急な斜面を駆け下りながら、翡翠命は剣を抜き放った。不知火が剣を抜く音が、一斉に空気を切り裂いた。

八城から北上してきた隼人軍の一部だろう。

千ほどの軍兵が長い列を作り、平原を進んでいた。流れる旗は、色味も何もない白だ。翡翠命を見上げた敵が何かを叫んだ。誰何《すいか》する言葉なのか。

剣を二度振ったとき、翡翠命は敵を突破していた。

「八城へ」

敵にも聞こえるように叫び、翡翠命は先頭で駆けた。

徒士《かち》の脚では騎馬には追いつけない。突破した敵が見えなくなった頃を見計らって、森の中で馬首を返した。

ぴたりと付いてきていた不知火が整列した。高島宮の戦で、大和の包囲から生き延びた者たちだ。誰一人として、艱難を恐れる者はいない。率いる自分が一番死を恐れていると思うと、不思議な気持ちだった。

「よく駆けた」

その一言で、不知火の気勢が上がった。

「弓上尊をここで死なせるわけにはいきません」

高島宮の生き残りである彼らは、菊地彦の猛威をその眼で見て知っている。その恐ろしさを。だが、同時に菊地彦が翡翠命を認め、戦いたがっていることも知っている。

だからこそ、彼らは翡翠命に従っているのだ。

常は農具を持ち、戦のときだけ戟を持つ軍兵と違い、不知火の三百騎はそれぞれが右滅彦や菊地彦とその質を同じくする武人だ。戦に命を懸けている。ゆえに菊地彦の気持ちも、十分に分かるのだ。己が勝てぬかもしれない相手と、剣を交えることを祈る菊地彦を。

菊地彦や弓上尊をないがしろにすれば、不知火の忠義は離れていく。戦人として、全身全霊でぶつからねばならない。死から逃れるために、死と最も近い戦場に、死を覚悟して挑まなければならない。

人の生とは、なんとままならぬものなのか。

恐怖はある。だが怯えてはいない。笑いが、こぼれた。

「そなたらも、死ぬな」

返事を聞く前に、翡翠命は馬腹を蹴り上げた。

森を越えた先に見える山の中腹、木組みの砦が見えてきたとき、背後の不知火が息を漏らした。幾重にも張り巡らされた柵が、四千ほどの敵を押しとどめ、激しく干戈《かんか》を交えている。籠る兵は五百もいないだろう。だが、声がはっきりと聞こえた。

弓上尊の威厳に満ちた声だ。

敵はまだ気づいていない。いや、たとえ物見が気づいたとしても、もう遅い。

疾駆とともに、泥土が舞い上がった。

背を伏せた瞬間、風光が歪み遅れ始めた。弓上尊が翡翠命に気づいた。砦から降る矢が目に見えて増えた。最後のあがきを演じている。敵の目が砦に釘付けになった。

四千の隼人軍に対して、三百騎の不知火はあまりにも少ない。

だが、一人の軍将に対してであれば多すぎるほどだ。まだ気づくな。四千の魚鱗の中、隼人の軍将は後方で砦を向いている。砦から上がった火の手は、弓上尊の迫真の演技だろう。

あと二百歩。

雨が蹄《ひづめ》の音を消している。よく耐えた。弓上尊への呟きを言葉にしたとき、翡翠命はふり返った敵兵の首筋に、剣を走らせた。

悲鳴さえ上げさせなかった。

押しつぶし、撥ね上げる。備えのない徒士が騎馬を止めることはできない。あと百歩。敵将がこちらに気づいた。緑色の単衣の上から、獣の皮を纏《まと》っている。

勇敢な男なのだろう。剣を、抜いた。

殺したくはない。剣を握る拳に翡翠命はそう伝えた。だが、殺さねば救えぬ命がある。剣がそう伝えてきた。この場で、敵を退かせるために、必ず殺さねばならない男が一人、剣を背にふりかざした。

男の歯ぎしりが聞こえた刹那、剣を一閃させた。

何かを斬ったという手応えは殆どない。だが、命を奪ったという手応えだけは、はっきりと拳の中に残っていた。

二度断ち割った敵が、雪崩を打って逃げ始めた。

「背を討つぞ」

翡翠命の声に呼応するように、門が大きく開け放たれた。

先頭で長刀を構えた老将に、戦場の視線が釘付けになった。弓上尊が長刀をかざす。雷のような声が、空気を貫いた。

弓上尊との挟撃で散り散りになった敵をさらに分断する。指揮を出そうとしている者を片っ端から潰していった。

弓上尊が目と鼻の先まで辿り着いたとき、翡翠命は撤退の合図を出した。

「退くぞ」

反転した不知火が、しかし刹那のうちに静まり返った。戦場が凍りついたかのようだった。錯覚だとは分かっている。だが、何事にも動じぬ不知火の怯えが、戦場に現れた猛威を翡翠命に教えた。

何もない平原が広がっている。駆け抜ければ逃げられる。

だが、森に辿り着くまでの道の半ばに、獣の王がいた。

「菊地彦」

男はただ一人立っていた。人の身体ほどもある大剣を担ぎ、傲岸に笑う男を見間違えるはずもない。

「随分とそっけないではないか」

風の中にそっと囁いたのは、隼人の大王として君臨する菊地彦だった。

剣の柄《つか》を握りなおし、一閃させた。

「そなたに末盧と盟を結ぶなどという謀《はかりごと》ができるとは、知りませんでした」

菊地彦の笑みが陰り、こめかみを掻いた。

「あ奴らが勝手にやったことだ」

「それでは」

言いかけた言葉を遮るように、菊地彦が大剣を振りきった。薙《な》いだ風の音が、まるで別のもののように聞こえた。

「相手をしてもらおうか」

「覚えておらぬ」

「では済まさぬよ」

菊地彦が駆け出した。

絡みつくような菊地彦の殺気にあてられたのか、不知火の二騎が飛び出した。退け。叫んだ瞬間、一筋の光が迸った。左から右へ、ただそれだけの動きが、戦場の空気を一変させた。

二騎が、身体を上下に分かれさせ、落馬した。

不知火では相手にならない。自分以外に相手をできる者はいない。柄を持つ拳の震えに、翡翠命は唇を思いきり噛んだ。血の味が広がった。

「相手にするな。弓上尊を追え」

菊地彦は。麾下の問いかけに、翡翠命は剣を横に構えて答えた。

「私が防ぐ」

菊地彦は、もうすぐ目と鼻の先にいた。自分よりも強いと思える敵を前に、自ら立ち向かうと宣言したのは、思えば初めてのことだ。

隠れ里を出た頃よりは成長している。

かような考えを持ってしまう場違いさに、苦笑がこみ上げてきた。

隠れ里から逃げ出し、大和の追手から逃れる旅の最中、翡翠命は幾度も意識を失った。剣を向けられれば、取り戻した意識が真っ先に捉えるのは、傷を負った右滅彦の心配そうな顔だった。その背後には、無残に斬り殺された大和の追手が転がっていた。

誰がやったのか。

手足を斬り刻まれた骸《むくろ》を前に、右滅彦はいつもはぐらかした。兄の悲しそうな表情に、強くは聞けなかった。だが、その所業が自分自身のものであることは、高島宮を脱出したあたりから察していた。確信したのは熊襲に辿り着き、九重彦が時折見せる怯えの由を、聞いた時だった。

不知火が駆け出した。右に逸れ、菊地彦を避けた。その先頭で、翡翠命は右手に意識を集中させた。

一騎、不知火から飛び出した。

巻きこめば、一人や二人の死では済まなくなる。菊地彦から吹き荒れる颶風《ぐふう》が、不知火をまた一人、地の底に引きこんだ。菊地彦の表情が眉間の皺まではっきりと見えた。

地から吹き上がる大剣を受ければ、必ず死ぬ。

息を止め、身を沈めた。髪の毛のすぐ上を焦げるような風が吹き抜けた。すれ違う刹那、身を捩じり、剣を薙いだ。手応えはあった。だが、命までは程遠い。人ではないものを斬りつけたかのような感覚だった。

反転し、向きあった菊地彦の表情に、明らかな不満が滲んでいた。

一太刀で分かることがある。

今この場で、戦えばどうなるか。抱いたのは、菊地彦との絶望的な差だった。菊地彦には到底勝てない。高島宮で右滅彦を救い出したときとは、あまりに違う。菊地彦が強くなったのか、それとも。

大きな舌打ちが聞こえた。

「あまり、俺を失望させるな」

「なんだと」

「俺は迷いを抱えるお前と剣を交える為に、煩わしい王位を継いだわけじゃない。高島宮で見せた、震えるような闘気。俺が見たいのは、あの時のお前だ」

あまりに呆けた言葉だが、菊地彦にとっては純な願いなのだろう。

考えるような仕草をした菊地彦がおもむろに大剣を背に負った。

「国を滅ぼせば、お前は本気になるかな」

背筋が凍りついた。

「死に物狂い、というのは俺の好むところではない。が、今のお前では話にならん。せめて滅びの際であれば、ましな戦いが望めるのか」

「待て」

背を向けた菊地彦に、思わず声をかけていた。

「大和は俺が追い返す。邪馬台を制すれば、次は投馬だ。それまでに殺されるな」

翡翠命の言葉を無視するように菊地彦が手を挙げた。

背後の大地が、不意にせり上がった。三千ほどの漆黒の軍勢は、砦を攻めていた四千と明らかに違う。足もとからこみ上げてくる寒気に、翡翠命は歯を食いしばった。

菊地彦では、大和には勝てない。

その武力であれば並ぶ者はいないであろう。だが、狡猾《こうかつ》さでは左智彦や御真木のいる大和に到底及ばない。自分しかいないのだ。

味方の中に悠然と歩いてゆく菊地彦の後姿に、血の味がする唾を飲みこんだ。

四

自裁を禁じ、弓上尊を邪馬台と投馬の境へと向かわせた。

八城を失ったことで、弓上尊は責任を感じていたようだが、今はそのような暇はなかった。項垂《うなだ》れる弓上尊を叱咤《しった》し、翡翠命は邪馬台全土を放棄すると決断した。襲い来る隼人を止められるかは、弓上尊の手にかかっている。

天嶮《てんけん》の八女《やめ》（現在の福岡県八女市）に、守りに長けた弓上尊が砦を築けば、数で勝る隼人といえども容易には抜けない。時を稼ぐためにも、弓上尊の奮起は不可欠なものだ。

弓上尊を送り出した翡翠命は、その足で熊襲の地に駆けた。

知恵の限りを尽くさねば、生き残ることはできない。時が惜しく、九重彦に出迎えるよう先駆けさせた。

頂上が綺麗にえぐり取られた丘の外輪で、九重彦が一人で待っていた。

「北の報せは？」

「四カ国の盟邦と右滅彦の戦いは互角でしたが、速吸門を制した丹波道主軍が、二千の援兵を倭に上陸させたことで傾きました」

もともと二千と四千で始まった戦だ。三倍の敵では、右滅彦の指揮がいかに優れていようと、戦線を維持することは難しいだろう。

「右滅彦は国境で防戦一方です。ただ、あと二十日ほども持てば」

「大嵐（台風）が来ますか」

九重彦が頷いた。

「そこまで持てば、荒れた領地を癒すため、両軍とも退かざるをえません」

大嵐によって動きを止めるのは、隼人も同じはずだ。この二十日を耐えれば、椿の花がつぼみをつけるころまでは猶予がある。右滅彦が敗れることは、考えなかった。

激しく波打っていた思考の糸が、一つに収束していった。息を吐き出す。

「四カ国の盟を崩します」

「隙はありませぬ」

「いかに堅牢な壁も傷はつく。そこから穴も開く。北の傷は、不弥です」

九重彦が首を左右にふった。

「不弥は盟邦の主を自認しております。大和と他の三国を繋いだのも不弥でした」

「ゆえにです。大和が倭を制すれば、他の三国も滅びることはないでしょう。しかし、いち早く大和に従った不弥の下風に甘んじることになります」

「狙いは？」

「奴、伊都の離脱です」

九重彦が目を細めた。

「大和が倭を征服したのち、不弥を除いた国を滅ぼす。丹波道主と不弥の間に、さような謀があると流布させます」

「それが真であれば奴と伊都の大王は赫怒《かくど》するでしょうが。両国が信じるだけの証がありません」

頷き、姿勢を改めた。九重彦が良い返事をするとは限らない。だが、この役目は九重彦にしかできないものだ。

「死地に立ってもらいたい」

九重彦が、唾を飲みこんだ。

「丹波道主の懐に飛びこめますか?」

思いもよらなかった言葉だったのだろう。九重彦の瞳孔が大きく開いた。

「熊襲の大王たる九重彦、そなたしかできぬことです」

九重彦の頬がひくと震えた。熊襲の大王という一言で、全てを察する明敏さが九重彦にはある。

糸のように細くなった九重彦の目に、翡翠命は頭を下げた。

「頭を上げてください。神子、あなたは恐ろしいお方だ」

「十六の少女を摑まえて、酷い言いようですね」

「俺が十六の頃は、木に張り付いた虫を捕えて喜んでいました」

「私も、喜びますよ」

九重彦が、首を横にふった。

「熊襲の大王として、丹波道主から伊都と奴を支配するという約を貰えばよいのですね。大和の征討を助ける見返りとして」

「術は任せます。丹波道主は策士です。労せずして潰せるならば、そこに飛びつきます。同輩である吉備津彦に先んじて、倭に足がかりを作らねばという焦りもあるでしょう」

先を見通す目を持った男をたぶらかすには、その男自身が欲している将来を見せることが肝要だった。

「天孫を名乗る御真木は、他の王家を認めはしません。一時の恭順を認めたとしても、それはいずれ滅ぼすためのもの。その種を蒔くことが、丹波道主の役柄です」

「逆手に取りますか」

「そなたであれば、できますね?」

まさに命がけの務《つとめ》だった。

独り丹波道主の下へ出向き、謀をなす。だが、それは兵力で勝る四カ国の盟を崩すため、翡翠命が採りうる唯一の術《すべ》だった。

「右滅彦には、大敗してもらいます」

「良い手です。楔《くさび》を打ちこまれた盟邦が、神子を気にせず争い始めるには、ここで右滅彦が敗けた方がいい」

「大嵐が過ぎれば、菊地彦が攻めてくるでしょう。我らはそれにかかりきりとなり、北に向かう余裕はない。盟邦の大王たちはそう思うはずです」

「菊地彦を、跳ね返せますか？」

唾の音に、翡翠命は力強く頷いた。

「石滅彦と弓上尊の力は、十分です」

「神子がそう信じれば、その二人も力を出しましょう」

「弓上尊と会ったことは？」

「ありません。しかし、覇者の弓と謳われる将の話は、この山奥にも届いていました。頑迷、されど一徹。弓上尊の伝えを聞いて熊襲の童子らは育ちます。弓上尊を従えたと聞いたとき、これで邪馬台の国盗りはなったと思いました」

弓上尊の名は、翡翠命が考えていたよりずっと大きなものだった。

邪馬台の豪家《こうべ》の中には翡翠命につくことを渋る者は多かったが、弓上尊とともに赴けば、そのほとんどが頭を垂れた。

本来であれば、王は弓上尊のような者が良いのだろう。全ての民が仰ぎ見て、安堵できる者が。

だが、真っ直ぐなだけの弓上尊では、御真木には勝てない。

この国の混迷を鎮め統一することを見据え、育てられてきた。

今になって、左慈と父登美毘古《とみびこ》が思い描いていたことがうっすらと分かってきた。翡翠命が泰平を保つ王になる必要はない。泰平をもたらす唯一の者とさえなればいい。

さような自分だからこそ、御真木に勝てる。

繰り返し、自分を得心させてきた問いに自答し、翡翠命は九重彦の胸に拳をあてた。

「調略は任せる」

「神子は？」

「盟に亀裂が入れば、末盧を討つ」

「弓上尊が謀られたからですか？」

左智彦の裏切りを思い出したからだとは、言わなかった。

微笑みにぎこちなさが浮かんでいないかを案じながら、翡翠命は視線を西へと向けた。

「奇襲をかけやすいがゆえです。嵐の有明の海を渡るとは、末盧の者たちも思わぬでしょう」

「危険という言葉は要らざるものですか？」

「私は火神子です」

九重彦が笑った。何故か、その笑みが悲しかった。

息を吐き出し、想いを捨て去った。

「末盧を落とせば、そこからは時との勝負です。奴は、そなたに任せます」

「畏《かしこ》まりました」

「右滅彦同様、そなたを信じています」

変えた口調に、九重彦が跪《ひざまず》いた。広がった景色の中、翡翠命の目に映ったのは、赤土が剝き出しとなった阿蘇《あそ》の山並みだった。

五

長門《ながと》の海が荒れていた。

渦巻く潮の流れは目を疑うほどに速く、速吸門の漁夫でさえもこの時節は浮木《うきき》（船）を出さないという。倭に送り込んだ二千の兵は、死んでも痛くもかゆくもない者たちだ。

「せめて、あの小娘を苦しませるがいい」

跳ねた水飛沫《みずしぶき》に舌打ちし、丹波道主は周防《すおう》（現在の山口県南東部）への道を引き返した。

周防に戻った丹波道主を、男が一人待っていた。

一年前よりも随分と浅黒くなっている。百人が入っても十分な広さのある館の中庭、置かれた机の前で、十夜彦《とよひこ》が深々と頭を垂れた。

「お久しぶりでございます」

「ご苦労だった。まずは、よくやった」

黒師《こくし》（現在の四国）を滅ぼした十夜彦に座るよう促し、丹波道主も椅子に腰かけた。

「御変りはありませんか？」

「侏儒の惚《ほうけ》どものせいでな。何も変わらぬ」

「まあ、軍旅の力を休める時を稼げたと思いましょう。始まれば、すぐに終わりましょう」

十夜彦の心満ちた顔は、黒師で目を背けたくなるほどの血の雨が降った証だった。いつもよりも落ち着きのある言葉に、丹波道主はため息をついた。

「吉備津彦に先んじて俺が侏儒に攻め入っていれば、あの目障りな左智彦は死んでいたのだがな」

「侏儒は目に見える我が主の軍旅にのみ、過剰な備えをしております。因幡《いなば》（現在の鳥取県東部）、伯耆《ほうき》（現在の鳥取県西部）、出雲《いずも》（現在の島根県）。多祁理《たけり》（現在の広島県）から侏儒へ向かう道に布置された一万余の軍旅。これだけ構えられては、迂闊《うかつ》に手出しはできませぬ」

「焦らすほど、血の雨は多くなるというのにな」

丹波道主の言葉に、十夜彦が嬉しそうに笑った。

侏儒へと入る三つの道に、あわせて十八の砦と九の関がある。

侏儒のほぼ全軍がそこに入り、丹波道主を待ち構えていた。これまでの西国征討は、丹波道主軍の兵力を一万五千ほどに膨れ上がらせたが、そこまで構えられれば、道を抜くだけでも半数以上は死ぬだろう。それで抜けるという確証もない。

ここにきて、侏儒の愚かさに妨げられているようだった。

「侏儒の領袖どもは何を考えているのだろうな。背後、吉備津彦への備えを軽んじるとは」

「吉備津彦殿では越国《こしのくに》（現在の新潟県南西部）に勝てぬと踏んでいるのでしょう」

嘲るような十夜彦の言葉に、若干面白くないものを感じつつ、丹波道主は声を落とした。

「そのことだがな。今朝方、主上からの使人が着いた」

「決着しましたか」

「大蛇武《おろちたける》という大王を降し、吉備津彦が越国の都邑を押さえた。が、ここから北の大地を制するのに、およそ半年ほどかかるという」

「その報せは侏儒には入っておらぬのでしょうね」

「暫くは、このままだろう。我らへの備えが薄くなることはあるまい」

十夜彦が頷き、あごをなでた。

「その間、我らは倭への足掛かりを探りますか」

首肯し、懐から地図を取り出した。

「あの小娘が現れたのは知っておるな？」

一年前、登美毘古一族の隠れ里を包囲し、翡翠命襲撃の指揮を執ったのは十夜彦だった。仕留められなかった獲物として、含むところは大いにあるだろう。

「主上が気にされていた由が、ようやく分かりました」

十夜彦の言葉は、丹波道主も同様に感じたことだった。

たかが小娘一人に、何を焦っているのか。纏向《まきむく》（現在の奈良県桜井市）を出陣する際、御真木《みまき》から名指しで示されたとき、八千余の軍勢が狙う敵として、少なくない不満があったのだ。先を見通す御真木の目も曇り始めたかと。

だが、高島宮で行方をくらまし、その後現れた翡翠命は、まるで北の大地からの南下を指揮した御真木入日子《いりひこ》と同様の猛威を、地上にあらわした。

驚きとともに、肌寒い恐ろしさが背中を伝ったのを覚えている。

翡翠命に対してではない。主である御真木入日子に対してだ。

御真木は、一度たりとも翡翠命を見たことがない。左智彦から一かけらの報せを聞いただけであろう。それも、多分に妬心のまじった翡翠命評だ。にもかかわらず、まるでこの有様を予見するかのように、侏儒以上の脅威として翡翠命の名を挙げた。

この世で起きることの全てを、知っているのではないか。纒向から離れた地にいる今でも、背後の暗闇に御真木がいるような気配を感じたのは、一度や二度ではなかった。

「倭についても、大御言《おおみこと》があった」

「やはり翡翠命ですか」

「並びうる者。主上はそう思っておられる」

「久方ぶりですね。主上の前にさような者が現れるのは」

十夜彦の言葉に、忌々しげな吉備津彦の顔が脳裏によぎった。

「あの時は、吉備津彦が降ったがゆえ大きな傷にはならなかった。だが、あの小娘は愚かにも大和への抗戦をのたまっておる」

「翡翠命が倭で力をつければ、主上にとって初めての敵となりますか」

十夜彦が声を落とした。

「恐怖されているのでしょうか」

雷が鳴った。遠くで落ちた轟きよりも、十夜彦のささやき声が耳朶《じだ》を震わせた。

「滅多なことを言うな」

「申し訳ありません」

頭を下げた十夜彦から視線を外し、丹波道主は曇天を一瞥した。

征西は、全て丹波道主の裁量に任されていた。一切の口出しを、御真木はしてこなかった。にもかかわらず、倭については執拗とも思える差配がある。

感じていたことを言葉にされ、動揺したのかもしれなかった。

「主上は何者も畏れられぬ」

目を細めた十夜彦が、頭を垂れた。

「侏儒へは向こう半年、今のままだ。動かず、動かさず。半年経てば、吉備津彦が侏儒の後背から雪崩《なだ》れこむ。我らとの挟撃。侏儒など一息に片が付く」

「軍兵どもの気が緩まぬよういたします」

「うむ。俺はその間、倭に対する調略に専心する」

「不弥を盟主とした盟のことは伝え聞きましたが」

自分も動くか、そう目で問いかけてきた十夜彦に、丹波道主は首を横にふった。

「四カ国への謀は上手くいっておる。お主には黒師の締め上げを任せる。七千の軍兵を集めよ。五千使えるように仕上がればよい」

二千は殺してもいい。言下の意に十夜彦が唇を舐め、頷いた。

「南部の隼人が立ち上がったのも、主の手でしょうか?」

「それは、偶《たまさか》のことだ。高島宮で取り逃した菊地彦が隼人の王位についたという話もある」

思い出すように十夜彦が天井を向いた。

「あの獣のごとき男ですか。持てる武は脅威ですが、隼人の動きには頷けぬものがあまりに多いかと」

十夜彦が鼻から息を抜いた。

「北上し、妨げるものを排するのみです。蛮勇だけでは我らに勝てはしますまい」

「妨げるものを排せる力は十分に手強いがな。だがまあ、よいわ。翡翠命を狙う者がその南北にある。長引けば、三つの権勢全てが衰えるであろう。我らが倭に渡るときには、容易《たやす》く鏖殺《おうさつ》できよう」

言葉にすれば確かに思える。だが同時に言葉だけでしかないことも、丹波道主は十分に分かっていた。御真木が己と同等の脅威と認めた相手なのだ。

であれば、言葉通りに衰退していくとは思えなかった。

「四カ国の大王も愚か者ばかりだ」

翡翠命に敵することで国の存続は約す、丹波道主が遣わした使人はそう伝えたはずだ。それが方便に過ぎないと分かっている者がどれだけいるのか。翡翠命は知っているだろう。であるがゆえに倭の統一を目論んでいる。

盟邦の四人の大王は、丹波道主の言葉に乗せられ翡翠命と戦を始めた愚かな者たちだ。愚か者の命を御真木は認めない。

大和が侵攻すれば、全ての国が滅びるのが必然だ。あと一年ほどは愚か者たちに夢を見させ、そして愚か者を増やす必要があった。

「倭にはいまだ数多くの小国がせめぎあっている。盟邦の狭間にも、十を超える国々がある。倭の東方、山岳地にも権勢を持つ者はいる。その者らを引き入れる」

「愚か者に、しますか」

言葉にせずとも、十夜彦には通じる。苦笑し、頷いた。

「力のある愚か者にな」

すでに小国には使人を遣わしていた。ほとんどが、大和への臣従を申し出ている。

「愚か者は増える。だが、油断はするまいよ」

大和に降る者が出続ける今を、翡翠命が見逃すようでは、御真木の敵にはなりえない。御真木の敵だからこそ、見逃さない。何かを仕掛けてくる。

逆《さかしま》ではあるが、丹波道主は御真木の目を疑うつもりはなかった。

六

男の目の奥に広がっているのは、深い沼のような静けさだった。

こういう目をした者は、どう痛めつけようとも芯が折れることはない。虜囚として責めるとき、真っ先に責め苦を与える。死ぬまで痛めつけるだけだ。この目から何かを聞き出すことはしない。無惨に殺し、その様に怯える他の虜囚の口を開かせる。

熊襲の大王を名乗る男に感じたのは、丹波道主が嫌いな強さだった。

「遅かったな」

口にしたのは、ただの脅しだ。並の者であれば、この一言で低頭するが、男の目の静けさが波立つことはなかった。鼻から息を抜き、丹波道主は手を叩いた。

「牡蠣《かき》は好きか？」

予期せぬ問いだったのか、初めて男の目の中に微かな戸惑いがよぎった。

「酒の肴とするくらいには」

「倭の酒は美味《うま》いと聞く」

「大陸から渡ってきた者が作った酒です。甕《かめ》を二つ、お持ちいたしました」

頷き、くつろぐよう両腕を広げた。

「ささやかながら宴の席を設けた。俺と二人きり。宴とは言えぬかもしれぬが、その方が、お主もよかろう」

湯気を昇らせる海の幸の香りに、丹波道主はにやりと笑った。

嫌いな者に対しては、より一層親しみを見せる。敵とも味方とも分からぬときに、あからさまな嫌悪を見せるのは愚かなことだった。

「九重彦と言ったな。牡蠣の食い方に好みはあるか？」

「煮え立った身に、柚子の汁と塩を一つまみ入れます」

「それは美味そうだな」

仕奉人《つかまつりびと》に、九重彦が言った通りのものを調えさせた。卓の上に、焼きあがったばかりの牡蠣が並べられた。酒の甕が一つ。九重彦が甕を手にとった。

「不味《まず》ければ、話はなくなるぞ」

「御戯れを」

「どうかな」

丹波道主の盃に注がれたのは、黒く、だが透き通った酒だった。匂いもきつい。

大和にも、丹波道主の郷里である粛慎《しゅくしん》の地（現在の中国東北部）にも、これほど澄み切った酒はない。御真木が恐れている大陸の技は、日々の中でも思い知らされる。

大陸の軍が倭へと征討の途につけば、いかなる悲劇が起きるのか。弓矢にしても天地ほどの差があるだろう。凄惨な戦いになるのは目に見えていた。倭を滅ぼし、大和の地として防備を固めなければならない。御真木の想いは、倭に近づくにつれ丹波道主のものにもなった。

「我が邑で、最も腕のいい者に作らせた酒でございます」

盃に口をつけた。

想像よりも随分ひんやりとしていた。濁酒《だくしゅ》とはずいぶん舌触りが違う。さらりと喉に絡みつき、すっと身体の中に入っていくようだった。

「美味いな」

思わず出た言葉に、九重彦が満足げに頷いた。

手に入れれば、財となる。倭を滅ぼした暁には、この酒を造る者だけは生かしておいてもいい。

頬のゆるみを隠すように盃を傾け、一息に飲み干した。

「この酒は、倭の地で盛んに作られておるのか？」

「我が熊襲の邑と、日田《ひた》の邑でわずかに」

「熊襲と日田か。さぞ、水の清らかな所なのだろうな」

「おっしゃる通りです。水に生かされている邑でございます」

九重彦が酒を注いだ。

呷り、そして牡蠣を一つ手に取った。湯気に柚子の香りがまざり、鼻の奥をくすぐった。涎《よだれ》が、垂れる。口に入れた瞬間、塩と苦味がまじりあった。味わい、飲み下す。

食べ方一つで、別の食べ物であるかのように味が変わる。

食い物は万に通じる教えだと、御真木が言ったことがある。できるもできぬも、やり方を変えれば変わる。

御真木が戦友として傍にあった頃の思い出だ。草原で狼を追ったのは、どれほど前になるのか。あの頃の御真木にあったあどけなさは、いつしか綺麗に消えた。今その顔に滲むのは、己を律する厳しさだ。

いつの間にか閉じていた目を開けると、そこには御真木ではなく、やはり静かな気配をまとった九重彦がいた。

「話を聞こうか」

臣従を迫った使人が連れ帰ってきた者の一人だった。相対する者がいかなる欲を持っているのか。丹波道主が人を断じるうえで、重きをおくものだ。

九重彦の瞳に、これまでなかった不敵なものが光り始めた。

「翡翠命は、我らの邑を一年もの間、縛っておりました」

「ほう」

標的の名だ。心の揺らぎを気づかれないよう、丹波道主は目を細めた。

「その腹心たる右滅彦は三百ほどの軍旅をもって、一時たりとも勤労から手を離さぬよう我らに矛を向けていました。兵糧となる作物。兵どもが着る衣。一年にわたり、我らは生み出し続け、その全てを翡翠命は持ち去っていきました」

「熊襲の邑が、翡翠命の兵站を担ったという罪を言葉にしておるのか？」

脅すような言葉だったが、九重彦に動じるそぶりはなかった。首を横にふった九重彦の目に、憎悪にも似た光がともった。こめかみには、汗が滲んでいる。

「あの小娘の所業は、我らの命を刈り取るものでした。三百の軍兵を行軍させるため、我らが一年を生きるための糧を全て奪い去ったのです。熊襲の邑はその日のうちに困窮に陥りました。二日たって、飢える者が出始め、十日経ったとき、息を引き取る者が出てきました」

「それは悲惨な有様であるな」

悪賊の所業ですと、九重彦が拳を握った。

「隼人からの食物が届かなければ、我らの邑は滅びておりました」

「隼人。ふむ、菊地彦という大王がおるそうだな」

「倭の地では知らぬ者がいないほどの剛の者です。豪胆で快活。弱きを助ける器もあります」

その見返りは容易に想像できた。

「菊地彦の求めた見返りは?」

九重彦が一度頷き、そして首を横にふった。

「菊地彦の使人が伝えたのは、隼人に臣従し、倭一統の助けとなれというものです。しかし、それは断りました」

「得心したか?」

「我らの窮状はあまりにもひどく、軍旅どころか一兵すら出せぬ有様でした。使人も邑を見て、食物だけを置いて帰っていきました。不偏不党《ふへんふとう》(中立)たれと」

「お主がここにいるのは、不偏不党とは言い難いのではないか」

丹波道主の言葉に、二度、九重彦が頷いた。

「私は熊襲の大王です。民草を生かす務《つとめ》があります。大国が求めるそれは、時として我らを滅びへといざないます」

「菊地彦の救いを裏切ると?」

「菊地彦への恩の前に、私は熊襲の民草の大王です。倭をめぐる権勢を見渡したとき、熊襲の邑を生きながらえさせるための術は、大和に臣従することが唯一でした」

九重彦の言葉に、わざと渋面を作って見せた。

「我らの軍が倭に渡るのは、早くとも一年ほど後になろう。さような我らに従うことが、良き手なのか？」

「不弥を始めとした北方四カ国が大和と気脈を通じていることは、動きを見ればわかります。倭の権勢は三つ。北の盟邦、火神子を名乗る翡翠命、そして隼人です」

「その狭間にある熊襲が辿るべき道は難しきものだのう」

「いえ。不偏不党を保っていれば、菊地彦は我らを狙いませぬ。丹波道主様と通じていることが知れれば、盟邦も手出しは致しますまい」

「理はそうだな。が、ふむ」

腕を組み、そしてにやりと頬を緩めた。

「まさか、さような熊襲にとってうまい話が、酒一つでどうにかなると思っていまいな？」

九重彦の目に光る不敵なものが、さらに強いものになった。

「聞こうか」

牡蠣の殻を地面に投げ捨て、唇を腕で拭った。

「大和のもとに、倭の国全てを献上いたします」

九重彦の言葉が、ざらりと心の中に忍び込んだ。

この男は丹波道主の想像以上に、深く先を見通しているのかもしれない。次に出る言葉を、待つような気持ちになった。

「お主に、それだけの力があるとは思えぬが」

「このまま大和が倭へ攻め入れば、倭は大和のもとに一統されるでしょう。ですが、それは殺戮《さつりく》の嵐を伴うものになるはずです。御真木入日子様の目指す国は、他のいかなる王家も認めぬもの。臣従する不弥、奴、伊都、末盧の王家の向後は、地の底にあるはずです」

諾とも言わず、鼻から息を抜いた。

九重彦が丹波道主の様子を窺うように目を細めた。

「長髄《ながすね》の邑を知っております」

動きかけた腕に、力をいれた。

「それゆえに、その過ちも知っているつもりです」

「主上に過ちがあったと？」

「翡翠命を産み出しました」

よく知っている。

言い切った九重彦の顔に、丹波道主は思わず唸り声を上げた。長髄の報せなど、熊襲に届くまで一年以上かかることもあるだろう。そもそも、気にする者などいない。

これほど世情を知る者であれば、御真木が翡翠命の命を望んでいることも知っているだろう。丹波道主の思いを裏付けるように、九重彦は言葉をつづけた。

「同じ轍《てつ》は、踏みたくないはずです」

「第二の翡翠命か。しかしな、九重彦よ。翡翠命という乙女子《おとめご》は、主上を脅かすほどの者か？」

九重彦が首を傾げた。

「風聞でしか知りませぬゆえ、比べることは不遜でございましょう。ですが、熊襲を襲い、邪馬台を制した翡翠命には、菊地彦では勝てぬと思わせる強さがありました」

「今は菊地彦が翡翠命を追い詰めているようだが」

「いずれ、拮抗します。菊地彦には戦陣の強さはあれど、それだけです」

あまりに断定的な口調は、翡翠命の力を傍で見たからなのか。

「自らが強すぎるがゆえ、麾下が減ろうとも気にしませぬ。そうして気付けば、味方はただ自分一人になってしまうのが、菊地彦です」

「強く、愚かか」

頷きとともに九重彦が息を吐きだした。

「左様。ゆえに、翡翠命がもっとも恐れるべき敵であり、倭の地に疎い大和が翡翠命と戦うには、北の盟邦を欠かすことはできませぬ」

九重彦の声が、低くなった。

「多大な功《いさおし》ある四カ国を滅ぼせば、その怨念はすべて大和に向かいましょう」

「翡翠命になれるだけの者がいるかな?」

「いるかもしれませぬし、いないかもしれません」

御真木が懸念しているであろうことを、九重彦は見事に衝いていた。

「望みを申して、よろしいでしょうか?」

低く、力強い声だ。促した丹波道主に、九重彦が目を伏せた。

「奴と伊都の支配を我が手に」

「意を、申せ」

「私が、両王家の血筋を根絶やしにいたします」

思わず、息が漏れた。

「戦が終われば、大和の軍旅は纏向に引き揚げねばなりますまい。その折、倭を統治《すべおさ》む位に任じていただければ、諸王家の力を削ぎ、そして一人残らず殺し尽くします。さすれば、恨みは熊襲の大王であった私に向くでしょう」

「お前に対して、もしくは熊襲の民草に対して戦が起きるやもしれぬ。それは大和の治世の乱れとも言える」

「その前に、私と熊襲のおもだった者たちを断罪していただきたい」

九重彦の言葉は、どこまでも暗い闇を抱えていた。

「名を知ってはいても、私の顔を知る者はほとんどおりませぬ。身代わりを断罪し、熊襲の邑に火をかければ、恨みはどこにも残りませせぬ」

「熊襲の民草は、いかにする」

「大和のいずこかでの生をお許しいただければ」

つかの間、九重彦の身体が大きくなったように見えた。いや、僅かに近づいたのか。

「殺戮が、泰平への唯一の道でございます」

言葉がどす黒かった。

意識せずとも頰が吊り上がるのが分かった。この男は、使える。自分と同類だ。九重彦の心が、ぐっと近くなった気がした。

「よかろう」

思わず返答していたが、そこに不快さはなかった。

この男が倭の地でどう動くのか見てみたい。いずれ不要となった四カ国を潰すために飼っておくのも面白いと思った。失敗したとしても、丹波道主が傷つくことはない。

九重彦が頭を卓にこすりつけた。

「さすれば、約定をいただきたい」

こもった言葉だった。

「我らの名は出さずとも構いませぬ。この九重彦と、丹波道主様の間に通じるものがあったと確信いたしましたゆえ。ただ、奴と伊都の地を約すとの言葉のみいただければ」

「末盧や不弥はよいのか」

返答は分かっていた。九重彦は、倭の大王の中でも権勢を把握する力が優れている。

「末盧は交易の、不弥は政の中心です。その両国は、大和がじかに治められるがよろしいかと」

「よくぞ申した」

頭を下げた九重彦の盃に、酒を注いだ。

「飲め、九重彦」

九重彦が肩を震わせ、盃を頭上まで捧げた。

「お前の身代わりが断罪された後は、俺のもとに来い」

「有り難いお言葉で」

仕奉人が持ってきた筆に墨をつけ、無地の竹簡を広げた。

伊都、奴の地を約す。

ただそれのみを書いた竹簡は、丹波道主と九重彦の間でしか通じないものだ。もしも九重彦が失態を犯せば、火とともに灰になるだけのもの。笑い、丹波道主は竹簡を丸めた。

恭しく受け取る九重彦の目が、強く光っていた。

七

右端の浮木が音を立てて砕け散った。

割れるような波の音とともに、五人の軍兵が、荒波の狭間に消えていった。雨か海水か、どちらとも分からないが全身は濡れそぼり、指は寒さで動かなくなっている。それでも翡翠命は浮木の上に立ち、荒れ狂う波のはるか先を凝視し続けた。

これは倭の命運を決める戦いだ。

荒れる海を前に、二百の軍兵にそう宣《のたま》った。高島宮以来の軍兵は十人に絞り、残りはすべてが倭を郷里とする男たちだった。

倭を殺戮の嵐から救うための心を、軍兵たちに求めた。妻を、子を、親を護るために行かねばならぬ。そう覚悟した者だけを選りすぐった。

叫び声とともに、また一艘の浮木が波間に消え去った。

「耐えろ」

歯ぎしりの隙間からこぼれる言葉は、兵たちに、そして自分自身に向けたものだった。耐えれば、道は開ける。肌を突き破らんばかりの雨に、櫂をこぐ兵が、叫び声をあげた。

四カ国に、楔が打ち込まれた。

九重彦の飄々とした文字が伝えてきたのは、謀の成就だった。丹波道主に奴と伊都を約すという密書を書かせ、それを奴と伊都に流したのが二十日前のことだ。そこからの動きは、翡翠命の想定を遥かに超える速さだった。

もとより不弥に不満を持っていた両国の王家は、即座に盟を破棄し、二国で新たな盟を結んだ。不弥の征討を目論む両国は、右滅彦が大敗し翡翠命が投馬に釘付けになっている状況下、東西から不弥を挟撃したのだ。

長年にわたって大乱をくぐり抜けているだけに、戦の備えは整っているのだろう。

雷のように素早い動きだったが、それはむしろ翡翠命の望むところだった。時をかければかけるほど、大和への備えに割く時が減る。

三国の戦況は、翡翠命の読み通りに進んでいた。

盟主を謳うだけあり、不弥の軍は両国の軍勢をあわせたほど規模がある。東西の挟撃という形だが、二つの戦線は拮抗していた。

末盧の伊實彦は、いま判断を迷っているだろう。

弓上尊を裏切り、菊地彦についたはいいが、北方最大の権勢を誇る不弥と対立することまでは考えていなかったはずだ。いざとなれば、末盧は海の上に逃げられる。その地の利が、伊實彦の判断を遅らせていた。

未だ、伊實彦は進退をはっきりさせていない。

勝者を見極めるため、自らは戦から離れて俯瞰《ふかん》する。生き残るためには、裏切りも、騙し討ちもする。小国が生き残る術ということは、分からないでもない。

だが、それ以上に卑劣だという思いがこみ上げては積もっていった。

腹の底に渦巻く怒りが、暖かい息となって口から出て来た。

いつからこうなった。心に浮かんだ問いの答えは分かっていた。倭に来て、力を持ったときからだ。裏切りが許せなくなった。

鎮まれ。

末盧の裏切りを聞いて以来、何度も言い聞かせた言葉だった。怒りは容易に憎しみとなり、悲劇を引き起こす。永い歴史の中で繰り返されてきたことだ。

岩戸彦の顔が浮かび、そして左智彦の顔が浮かんだ。

首をふった。

全ては、兵略に則ったことだ。北の盟邦を裂き、末盧を孤立させた。

末盧を討てば、軍の出払った伊都、奴の両国を攻め取ることは容易い。残る不弥は、翡翠命と九重彦の挟撃に耐えることはできないだろう。

盟邦の結束を崩し、雷光の速さで討つ。それこそが、強大な権勢として現れた菊地彦に抗するための、唯一の術だ。

口を大きく開け、曇天を見上げた。けっして裏切りに捉われてなどいない。こみ上げてきた思いを、口にたまった雨とともに飲みくだした。

切れた雲間から、一筋の月明かりが地に降りてきた。隣で櫂を握る軍兵が、涙を流した。

「陽が落ちる前に、終わらせます」

見えてきた白石《しらいし》の邑に、軍兵たちの雄叫《おたけ》びが轟いた。

木の盾を前面に出し、五十人ほどの衛士《えじ》が道をふさいでいた。

年はばらばらだが、彼らの気勢は、尋常なものではなかった。どこか切実ささえ感じる殺気だ。なにゆえ、戦場でさように悲しげな顔をするのか。

「抵抗する者だけを、斃《たお》せ」

敵がどれだけ気勢を上げようと、荒波をくぐり抜けた軍兵たちにとっては微風ほどの恐ろしさもない。

兵の背を照らす朝陽が、末盧の大王がいる大館の屋根を照らしていた。

敵が嵐の海を越えてくるとは、予想もしていなかったのだろう。陽が中天に昇った頃には、白石の邑に抵抗する者はほとんどいなくなっていた。懸念していた民の蜂起もなく、ただ邑の要所に旗を掲げる邪馬台の軍兵を、隠れるように見ているだけだ。

残るは、伊實彦だけだった。

助けるとのたまいながら、裏切り、邪馬台で弓上尊を罠に嵌《は》めた。それすら、呑みこめ。左慈が生きていればそう言うだろう。敗者と勝者、そのすべてが同じく生きることのできる地が国だというのが、師の口癖だった。

握りしめた拳を開いた。

目の前の喧騒が終わった。五十人ほどいた敵は、剣を地に落とし縄に繋がれていた。

「大王はいずこです」

横たわる若い兵に近づいた。その男は、視界に入った敵将が、まだ少女であることに驚いたように目を瞬かせた。

動きかけた口から言葉が飛びだす寸前、空気が咆哮《ほうこう》した。

「神子」

地を踏みしめた。

何が起きたのか。翡翠命の目に映ったのは、巨大な炎のあがる大館だった。焦げた臭いが鼻をついた。

敵の兵が、切迫した瞳を向けていた。

「伊實彦は持衰殿《じさいでん》に」

「それは、なんです?」

口を開いた男が一度口を閉じ、そしてあふれるように喋り出した。

「戦陣の勝利を、神に祈り捧げる者が住まう室です。ここにいる我らは皆、持衰として身代《むかわり》をとられています」

「どういうことです?」

「持衰に選ばれた者は、戦が勝てば褒美を与えられ、敗ければ殺されます」

男の言葉が、つかの間遠くなったかのような気がした。ふたたび起きた爆発が、意識を透明なものにした。気持ち悪さがこみ上げてきた。

男たちの切迫した瞳のわけが分かった。

「お願いです。どうか、我らの主を」

徐々に大きくなった言葉が戯言とは思えなかった。縄に繋がれた他の軍兵たちも、一様に翡翠命を見上げていた。

麾下に戸惑いが広がりかけたのを見て、男の縄を斬った。

「先導を」

飛び上がるようにして起き上った男が、脱兎のごとく駆け出した。

持衰殿は、白石の邑を見下ろせる丘に建てられていた。

十人ばかりが入れるほどの大きさだ。四方に柵が張り巡らされ、持衰殿を囲むようにして五十ほどの軍兵がいた。槍を翡翠命に向け、構えている。

先導した男が指さした先、持衰殿の入口で、白髪のまじった痩身の男が忌々しげな眼でこちらを睨んでいた。弓上尊の気品ある老いとは違う。狡猾さが眼尻にありありと浮かんでいた。末盧の大王、伊實彦。一目でわかった。

伊實彦が、声を上げた。

「汝が主なき邪馬台を掠めとった悪賊か」

ざわついた麾下を手で抑え、一歩前に出た。

「持衰とやらを解き放ちなさい」

見えるはずのない十字の柱が視界の中に現れた。目をこすり、染み出そうとする黒いものを押し殺した。

伊實彦が舌打ちし、にやりとした。

「それはできぬな。勝利を祈り、敗れたのだ。持衰は命で罪を贖《あがな》わねばならぬ。開けろ」

二人の末盧兵が、両開きの持衰殿の扉を開け放った。風に乗ってあふれてきたすすり泣きは、翡翠命の心を荒々しく逆なでした。

両の手を縛られ、壁に吊るされた七人の少女がいた。まだ十もいかないような幼子もいる。

視線を動かしたとき、翡翠命は鼓動が止まりそうなほどの衝撃をうけた。

何故、ここにいる。

拳を握りしめ、空を見上げた。

「そなたは西国の生き残りか」

背後、歯を軋ませる男に問いかけ、翡翠命は爪が食い込むのを感じた。これは、自分のせいなのか。いや、違う。違うと思いたかった。自分のせいではない。

全ては大和の征討がもたらした悲劇だ。

岩戸彦の死も、左慈の死も、長髄の滅びも。

大和の、左智彦の、自分から全てを奪い去った者たちのせいだ。

「難升米様」

男の叫びに、脳裏を駆け巡る言葉が消えた。

持衰殿の奥で目を閉じていた少女が、瞼を開けた。弱々しく上げた瞳は、見間違いようもない。

侏儒への道で出会い、翡翠命に踏みとどまることの強さを教えた少女だ。死を恐れることは弱さではないと、気付かせた。あの出会いがなければ、自分は今この場にいなかったはずだ。

その少女は、始まりだった。

「難升米は、そなたの主か？」

「多祁理の姫君です」

目を離せば突っこんでいきそうな男を麾下に押さえさせ、翡翠命はまた一歩前に出た。

「伊實彦。大人しく降りなさい」

「いきなり攻めておいて何を言うかと思えば」

「今降るのであれば、八城を騙し討ったことも不問にしましょう」

「己の麾下が愚かであっただけであろうが」

心の中、滲む黒い染みが次々に大きな斑《まだら》になっていくのを感じた。抑えようとすればするほど、白が消えていく。

「引き立てろ」

伊實彦の声で、中にいた少女たちが次々に外に引き出された。

抗うほどの力すら残っていないようだった。岩戸彦の姿がちらついた。息が荒くなった。やめろ。鼓動が徐々に速くなり、壊れるのではないかと思うほど胸を震えさせた。

村が燃えていた。

隠れ里だ。違う。ここは隠れ里ではない。そう思えば思うほど、燃えさかる森が視界に映りこんだ。変わり果てた視界の中に岩戸彦の絶叫が聞こえたとき、心臓が凍りついたかのように鎮まった。

心が、黒く染まった。

「誰も、動くな」

麾下への言葉だ。だが敵の動きすらも止まった。

凍りついたように止まった時の中で、翡翠命ただ一人が動いていた。一歩一歩、地を踏みしめ、前に進む。柵の手前で剣を二閃させた。踏みこんだ足が、泥を撥ね上げた。

伊實彦、そこを動くな。

柵が音をたてて崩れた瞬間、止まっていた時が動き出した。

「小娘を殺せ」

慌てたように叫んだ伊實彦の言葉によって、敵が動き出した。鞘を捨てた。歩みが風になり、そして颶風になった。

血が舞った。

左右から延びてくる穂先を躱《かわ》すでもなく躱した。ただ前に進み、剣を奔《はし》らせた。体勢を崩した男の背を押し、男が持っていた槍をゆっくりと押しこんだ。

一つの槍で繋がれた三人の末盧兵が、音を立てて地に斃れた。

岩戸彦がちらつく視界の中、ゆっくりと持衰殿へ歩をすすめた。立ちはだかった三人の兵が動き出した瞬間、踏みこんだ。擦れ違った。斃れる音を背に、翡翠命は剣の血を払った。

赦《ゆる》さぬ。

濃い血の匂いがただよう中で、伊實彦が怯えたように後ずさった。空気を切り裂く音に、身体が無意識に動いていた。ふり上げた剣が、二つに断ち切られた矢を地に落とした。

誰かが短く悲鳴を上げた。

裏切りは、赦さぬ。

伊實彦の前に、まだ二十半ばの男が立ちはだかった。左智彦と同じくらいか。父上と叫んだ。伊實彦の息子と理解するよりも前に、その首筋に剣をあてていた。男の唾を飲みこむ音が、確かに聞こえた。やめろ。伊實彦の声だ。

剣をふり切った。

頬に飛んできた返り血が、温かかった。

「愚かさゆえだ」

待て。伊實彦の口がそう動く前に、翡翠命は剣を、その胸に押しこんだ。

衝動のままに、裏切り者を殺した。

妙な充足と、戒めていたことを破ってしまった強い後悔が同時に押しよせてきた。

左慈の赫怒が浮かび、岩戸彦の涙に歪んだ顔が重なった。

力が抜けそうな身体で前に進んだとき、何かにぶつかった。自分を支えているのか。唾を飲みこみ下げた視線の先、翡翠命に抱き着いていたのは、かつて翡翠命を変えた少女だった。

縋《すが》りつく難升米の憔悴《しょうすい》しきった顔を見たとき、後悔だけが遠のくのを感じた。

これで、よかったのか。

ふり返った地面には、折り重なる骸《むくろ》から流れる血が広がっていた。全て、自分が殺したのだ。

ぎこちなく抱いた難升米の背の温もりに、翡翠命は目を閉じた。

八

末盧は、火神子の治める地である。

そう宣言した翡翠命は、北上してきた不知火と合流した。末盧の王族は、翡翠命が持衰殿の中で斬っていた。男は一人も残っていなかった。無意識の鏖殺《おうさつ》は、左慈が知れば怒り狂うものだろう。いや、怒るよりも悲しむのか。

見えてきた資珂島《しかのしま》に軍船が停泊していることを確認し、翡翠命は死した老人の影をふり払った。

ここは現実で、躊躇する暇などないのだ。立ち止まれば、そこで全てが終わる。大和へ抗うため、倭を統べる者となるためには、前のみを見据えなければならない。

末盧を治める者がいる。

九重彦の謀によって、伊都と奴が不弥を攻めている。翡翠命が為すべきことは、空となった伊都を攻め取ることだ。いつまでも末盧に留まるわけにはいかなかった。誰をその位に据えるか。右滅彦や弓上尊は菊地彦の押さえから外せない。時津主《ときつぬし》も、投馬の政で手一杯だろう。

悩む翡翠命の前に現れたのは、大陸からの使人だった。

張政《ちょうせい》と名乗る男からの、一年ぶりの報せだった。不知火の軍馬を大陸から調達し、翡翠命軍の兵站を担う野心あふれる市人《いちびと》だ。張政は、金印を持つ翡翠命に利を見出している。

欲は、不確かな思いなどよりもずっと信じることができた。

隣で不知火の背にしがみつく難升米の柔らかな身体を一瞥し、翡翠命は道が開けていくのを感じた。

凍えるような風が吹いた。資珂島の見える海沿いに、翡翠命は波濤を越えてきた男たちの姿を捉えた。

臙脂《えんじ》の胡服《こふく》を身にまとった長身の男は、荷の積み下ろしを指揮していた。

近づく馬蹄の音に気づいたのだろう。浜辺で馬から飛び降りた翡翠命の前に、張政が小走りでやって来た。息を切らすこともなく、男は深々と頭を下げた。

「お久しぶりでございます」

「そなたが大陸に戻っている間、倭は大きく変わった」

「どうやらそのようで」

背後に控える不知火十騎をちらりと見て、張政は短く刈り整えた髭面に笑みを浮かべた。

「大きくなられましたな」

まだ三十手前の若さのはずだが、左慈と似た気配があるからだろうか。張政が相手だと、自然、言葉がぞんざいなものになった。

「背は伸びておらぬ」

「いえいえ。お姿がです」

肩を竦め、差し出された水差しを受け取った。

「頼んでいた荷は？」

「全て運んで参りました。三つの船に分けて運んでいます。ここに運んだのは、ほんの一部、馬具を中心としたものです。残りは、投馬にお運びすれば？」

「そのことで、話に来た」

どう伝えるか、一瞬迷い、迷いを捨てた。今とれる最善の手だと自分に言い聞かせた。

「そなたに末盧の政の輔弼《ほひつ》を、半年の間頼みたい」

「聞き間違いですかな」

「そう思うのならば、聞き間違えではない」

一気に険しくなった張政の表情を見て、翡翠命は安堵の溜息をついた。大陸の人間は、まず不満の表情を見せる。左慈がそうだった。

「末盧は交易が盛んだ。民草も市人が多く、その機微の分かる者が政をするべきであろう。倭の物の値を高め、大陸へもたらすのがそなたの役柄だ」

「俺は大陸の人間で、むしろ末盧と交易をする相手ですよ」

「半年ほど忘れよ。いずれ、末盧は倭全体の交易の表口となる。大陸と倭を繋ぐ市人の都邑だ。全てが商いを中心に回っていく邑。整えてみたいとは思わぬか?」

苦笑ともつかぬ笑みを、張政が浮かべた。

「俺に造らせたら、市人の力が強くなり、治めるのに苦労するかもしれませぬぞ」

「造れぬ、とは言わぬのだな」

「己の力を試されるのは、嫌いではありませぬ」

己に為せぬことはない。あくなき自負は、海を越えて商いをする者が持っている心根だった。そのなかでも、張政の自負は特に強い。

白石の広大な湊を見たときから、末盧は交易に重きを置く国にすべきだと思っていた。倭の幸を集積し大陸へと運ぶ、未だかつてないような国だ。

海を越え、大陸、倭の両方に拠点を置く張政こそ、適任だった。

「市人の力が、国を支える。強い市人は歓迎する」

「そういえば、さようなお人でしたね。神子よ」

張政の笑顔が、答えだった。

「倭の幸は、そなたへ優先して回す。もちろん、倭の不利になるような商いは、禁ずるが」

「さような愚かな真似はいたしませぬよ。片方しか儲からぬ商いは早晩崩れます。神子もまだまだ、見立てが甘い」

右滅彦がここにいれば、張政の言葉に暑苦しく応戦しただろう。

竹を割ったかのような性格の右滅彦と、どこかはすに構えて心を悟らせない張政が、互いを苦手に思う由がなんとなく知れた。

「ならば、任せる。執政は、この難升米が務める」

「背丈の似た同じ年恰好の乙女子ですか。考えましたな」

「私の影として、盟邦への攪乱にもなる。もとは多祁理の王族。政への造詣は私よりも深い」

「神子がそこまでおっしゃるのであれば」

難升米を一瞥し、張政が軽く頭を下げた。

言葉でいくら取り繕っても、張政は自分の目で見るまでは信用しない。頭を下げた難升米も、これから死に物狂いで戦わねばならない。大和に追われる王族に逃げ場はないのだ。

張政が難升米を認めるかどうかは、これからだった。

難升米に笑いかける張政に水差しを返し、翡翠命は懐から桐の小箱を出した。

「半年経てば、お前には本来の使命を果たしてもらう」

小箱を見た瞬間、張政の顔つきが一気に精悍なものになった。野心が、いきなり表に出て来たような表情だ。

「これから私は倭の北部を制する。決着すれば、そのまま南の隼人を呑み込む」

「倭の覇者帥升が十余年かけて成し遂げられなかったことです。それを半年でやり遂げるおつもりで？」

張政が苦笑と共に肩を竦めた。

「一度でも敗ければ、全てが水泡に帰すことになります」

「私は敗けぬ」

「それは勇ましいことですな」

「半年たてば、いかなる有様であろうと、倭を統べる火神子の使人として、魏《ぎ》国に遣いせよ。そなたが魏の都に辿り着くころには、私は倭を統べる者となっている」

翡翠命の言葉に、張政が口笛を吹いた。

「初めから存じ上げてはおりましたが、神子よ」

含みのある言葉に目を細めたとき、張政が遥か西の空を見上げた。

青空に、白い月が浮かんでいた。

「神子は天に愛されておりますな」

「戯言を言うな」

首を振った張政の瞳は爛々と輝き、その気配も先ほどより大きくなっていた。

「海を越えた先にある帯方郡《たいほうぐん》（現在の韓国ソウル）では、今頃血の雨が降っておりましょう」

張政がにやりと笑った。

「魏に叛旗を翻した男を討つため、魏国太尉《たいい》の司馬《しば》懿仲達《いちゆうたつ》という男が兵を興しました」

「それが、私といかに繋がるというのだ」

「司馬懿は左慈様とも面識あるお方でございます」

少女の言葉に重ねるように放たれた言葉は、翡翠命の肺腑から息を全て吐き出させた。張政が力強く頷いた。

「魏は強き国を求めています。敵対する呉《ご》を挟撃するため、東の海中にあるといわれる国を」

「倭を求め魏国が動き出したと、お前はそう言うのか？」

「左様」

大仰に一礼した張政が、伏した頭で瞳だけを翡翠命へ向けた。

「神子が倭を統べられる頃には、海を越えたすぐの地まで魏の権貴が迎えに来ておりましょう。この機を摑むことができたのは、神子が天に愛されているからにほかなりますまい」

空に浮かんだ白い月を一瞥し、翡翠命は粟立つ拳を握りしめた。

自分を護って死んでいった左慈は、どこまで思い描いていたのだろうか。今の自分の姿は、左慈の望みと重なるのか。末盧で自分が引き起こした殺戮を思えば、左慈の悲し気な表情が浮かんでくる。

首をふり、頭を上げた張政に頷いた。

「倭王の証として、この金印をふたたび私のもとに持ってこい」

今は、迷う時ではない。

何かを言いたそうにした張政が言葉を呑み込んだ。

「さような船出は、もっとこう、華々しくやるものではないですかね?」

両手を広げる張政に、鼻を鳴らした。

「倭と大陸を結んだ者として、竹帛《ちくはく》に名を残すのだ。後世まで伝わる。大陸が二千年の竹帛をもっているとすれば、そなたの名もまた二千年後まで響くであろうよ」

「俺の郷里であれば王の見送りがあってしかるべきことです」

「ここは女王の国だ。華やかさは、生き抜いた後からついてくる賞賛のことだと心得よ」

「さようで」

溜息をついた張政の手に、小箱を握らせた。

「弓矢は、投馬へ。塩は大和の調《みつぎ》の要だ。戦の前に、大和の備えを少しでも乱しておきたい」

「大和の民草に流せば?」

「出た利の半ばが、そなたの利となる」

もう少しとばかりに目を細めた市人に、舌打ちした。張政が舌を出した。

「承りました」

他に伝えるべきことは。つかの間迷い、声を落とした。

「難升米を頼む。妹を護ろうと、気を張っている。適当に緩ませてやってくれ」

「口説いても?」

「私よりも堅いぞ」

「それは人ですかな?」

張政の言葉が終わる前に、その腹に剣の柄をめりこませた。

「任せた」

呻き声を背後に聞き、翡翠命は難升米の頭をなでた。

「妹と、多祁理の臣たちを護ろうと、持衰に名乗り出たそなたであればこそ、大王の代わりを務められると信じています」

「神子」

「そなたには護るべき者がいる。忠を尽くす麾下もいる。後ろでうずくまっている男も、口は悪いが才ある者です。道に迷わば、周りの者を標《しるべ》としなさい」

難升米の頷きに、口を開きかけ噤《つぐ》んだ。

こみ上げてきたのは恐れなのか。恐れだとすれば、それは何に対するものなのか。人を見る目ではない瞳で翡翠命を見つめる少女から目を離し、馬に飛び乗った。

右滅彦から火急を告げる報せが入っていた。隼人が一万五千の大軍を率い、八城を発した。

いよいよ、時はない。

「盟を、終わらせます」

整列した不知火の前で、翡翠命は竹簡を海に投げ捨てた。

神飾り

一

山と海との境に、一筋の道が細く途切れることなく延びている。

右手の荒波に感嘆の声を漏らし、吉備津彦《きびつひこ》は獣の皮をもう一枚羽織った。回した肩が、小さく鳴った。

「ここから先が、侏儒《しゆじゆ》（現在の鳥取県、島根県）か」

「さようです」

低く、深みのある声だ。左智彦《さちひこ》と入れ替わるように纏向《まきむく》（現在の奈良県桜井市）から下ってきた大彦《おおびこ》が、傍で白い息を吐いた。

「随分と久方ぶりな気がいたします」

「私が纏向を出陣して、一年半が経っている。お主の髪にも白いものが増えたな」

「年相応でございますよ」

戦場から離れていたせいか、随分と優しい皺を滲ませるようになった大彦が苦笑した。

「しかし、我が主よ、よくぞ成し遂げられましたなあ。山の民に始まり、陸道《くがのみち》（現在の北陸地方）、越国《こしのくに》（現在の新潟県南西部）。どれ一つとして、容易な相手ではなかったはずです」

「犬飼健《いぬかいたける》をはじめとした三人衆がよく働いてくれた。今ではお主よりも戦巧者になっておるかもしれぬぞ」

「まだまだ勢いだけの若子どもには敗《ま》けませせぬよ」

大彦が胸の前で拳を握った。

「頼りにしている。これからは、戦陣の動きが大きくなる。主上も弁《わきま》えられているからこそ、左智彦を纏向へ戻し、お主を遣わされた」

北の戦では、支配下に置いた地を治める則《のり》を、一から整えなければならなかった。それがゆえ、大彦ではなく政《まつりごと》への造詣が深い左智彦が従軍していた。

「侏儒、そして倭《わ》との戦は、これまでよりも強大な敵とのものになる。戦陣での勝利を摑まねば、主上の夢は果たされぬ」

大和《やまと》でも屈指の軍将である大彦が参軍したことで、吉備津彦軍は動きの幅がかなり広がった。御真木《みまき》もまた、侏儒の戦を甘く見てはいない。

「一先ずは、あの若者には休息が与えられますか」

「左智彦のことか」

「左様。北の平定では随分と大きな功がありました。丹波道主《たにわのみちぬし》の侏儒攻めと同時に、主を侏儒に攻めこませねば断罪となる。ありうべからざる脅迫の中にありながらです」

「主上の采配を、あまり快くは思っていないようだな」

波の音に紛れている。誰にも聞こえていないと分かって、大彦は呟いていた。

一年半、御真木の下で纏向整備の指揮を執ったことは、大彦にとって相当な苦労だったのだろう。苦笑がこみ上げてきた。

「人の力を引き出すことは巧みです。しかし、老骨からすれば、非情がすぎますな」

「ゆえに、成し遂げられることもある」

「分かってはおりますが」

大彦の苦りきった顔に、腕を空に伸ばした。筋が気持ちのいい音を鳴らした。

「案ずるな。左智彦の北での役柄は終わりだ。褒美を与えられることはあっても、断罪されることはない」

五十を超えた大彦にとって、今の大和の領袖たちは、子も同然の齢の者ばかりなのだ。親が子を案ずるような想いがあったとしても不思議ではなかった。

「すでに、主上の目は南に向いておられる」

視線の遥か先にはそそり立つ断崖がどこまでも続き、荒波が押し寄せては砕けている。

侏儒を抜けた先に、御真木の夢の弥終《いやはて》である倭がある。そして、そこで立ちはだかるのは、恐らく御真木がこれまで出会った中で、最も強大な敵だ。

「左智彦から、南の報せが送られてきた」

「どう思われました？」

大彦の声がわずかに張り詰めた。

「おそらくお主と同じだ。若き日の御真木入日子《いりひこ》。丹波道主なども、同じく思っているのではないかな」

「やはり、それほどに」

「倭に姿を現したかと思えば、邪馬台《やまたい》（現在の熊本県北部）と投馬《とうま》（現在の福岡県南西部）を風のごとく制した。なんの縁もなき地だ。それだけでも器が知れる」

地も人も知らず、しかも率いる兵は五百に満たなかったという。敵の憂いを衝き、戦況を雪崩のように動かす術《すべ》を知っている。

「丹波道主が仕掛けていたようだが、逆手に取られたな」

「倭北部の四カ国盟邦のことですな」

「悪い手ではないが、翡翠命《ひすいのみこと》が一枚上手だったな。北の盟邦と南の隼人《はやと》（現在の鹿児島県）。翡翠命の一手で盟は崩れ、蹂躙《じゅうりん》された」

その様は、俄かに信じられぬほどのものだった。

「翡翠命が四カ国の王家を降したのには、四十日もかかっておりますまい。平定された地は、倭国大乱が嘘であったかのような泰平を取り戻していると聞きます」

「つかの間のものだ。後世の戦乱が見えているからこそ、息をひそめるように静まり返っているにすぎぬであろうが」

ただ、事実は事実と受け止めるべきだった。大和に故郷を滅ぼされ、何の力も持たなかった少女は、いまや強大な力を手にしている。

「倭の地は、翡翠命と隼人、北と南で二分されたと言っていい」

「侏儒征討を終える頃には、倭の地も一統されておりましょうな」

目を細めた大彦を見返し、吉備津彦は頷いた。

「決戦に向けて軍兵を動かしている。始まれば、決着はすぐだろう」

「どちらが勝ちますか？」

一年半ほど前、剣を手に向きあった少女がいた。

意識を朦朧《もうろう》とさせながらも、剣を片手に吉備津彦の前に立ちはだかった。殺気というには悍《おぞ》ましすぎる気配を醸し出す敵が、十五の少女とは未だに信じられない。

あれから一年半、どれほど器を大きくしたのか。

吉備津彦は水飛沫《みずしぶき》に濡れた腕を拭った。

「主上は、翡翠命と考えておられる。ゆえに、その質を知る左智彦を呼び戻された」

「長髄《ながすね》（現在の奈良県桜井市）を、翡翠命を知るがゆえですか」

「ああ。左智彦の父である左慈《さじ》は、大陸の魏《ぎ》国と盟を結べるだけの強き者を見つけよという務《つとめ》を帯びていた」

「それが登美毘古《とみびこ》であったと」

首をふり、小さく頷いた。

「左慈は登美毘古の偉大さを認めてはいたが、あくまで地方の権勢者としてのものだったという。左慈の目を捉えて離さなかったのは、その娘だった」

「翡翠命ですか」

「翡翠命に覇王の質を見ていた。左智彦はそう言っていた。長じれば、この国全てを平らげる王になると」

恐ろしい男ですな。大彦が、ぼそりと呟いた。

「その予言《かねごと》は、現《うつつ》のものになろうとしています」

「左智彦にその知を相伝した男だ。恐ろしく先を見通せる男だったのだろう。ただ、身近な者のことは見落としている」

大彦が怪訝な表情をした。

「翡翠命に目をかけすぎたせいで、実の子は翡翠命から離れていった。大和に降り、父が育てようとした覇王の器を叩き潰さんとしている」

口にした言葉に、なぜか微かな空虚を感じた。不意に浮かんだのは、胸の髪飾りを握りしめる左智彦の、諦めたかのような笑みだった。

「主？」

大彦の言葉が、波の隙間から入りこんできた。腕を組み、息を吐き出した。

「何でもない。敵は侏儒。そして翡翠命だ。主上がそう信じておられる」

そして自分も。

肌がざわつく時がある。戦場で命を失う覚悟をするのはあたり前だ。肌のざわつきは、もっと別のものだった。自分の存在を根こそぎ奪い取られるのではないかという恐怖だ。

人生で、二度だけ感じた。一度目は、その軍門に降ることを選び、そして二度目は敵として出会った。

「恐らく、主上は戦陣に出てこられる」

「親征となれば軍兵の士気は上がりましょうが、指揮する身としては素直には喜べませぬな。敵からその身を守らねばなりませぬ」

守りに兵を割かれれば、軍の動きを制は制限される。大彦の言葉の意は分かったが、御真木が親征を諦めるとは思えなかった。

「主上は翡翠命の中に、自身を見ておられる。自ら出向き、殺さねばならぬ敵だと。そして、倭の竹帛《ちくはく》を塗り替えるためには、自らの足跡が要るとも」

大彦が二の腕を握りしめた。

「天孫降臨の物語、ですか」

「倭は大陸と大和を結ぶ地だ。遥か往古より、倭は大和の地であったとするための偽りの竹帛。紡ぐためには、また」

言葉を区切り、目を細めた先で鵰が飛び立った。

「長髄以上になりましょうな」

黒く焦げた松の木が甦《よみがえ》ってきた。

長髄の邑《むら》に住まう者たちを一人残らず殺し尽くし、抗った登美毘古の首を刎《は》ねた。もとよりいた民を鏖殺《おうさつ》することは、征服者である大和が、もとよりその地を統《す》べる者だという史を紡ぐために必要なことだった。

御真木が戦場に出てくれば、間違いなく起きる。

視線を上げ、黒々とした雲の狭間に目をやった。泰平の国造りを目指す御真木の下で戦うならば、戦の勝利だけに心満たすことは赦されなかった。

自分も、罪を負う覚悟が要る。

「丹波道主では、非道が過ぎます」

「私がやるしかないか」

「主上の手を穢《けが》すわけにはいきますまい」

御真木の軍門に降ったとき、世に泰平をもたらす為であればいかなることも断じて行うと決めた。残酷な人殺しに過ぎなくとも、後世を乱さぬための術だと。

歯を食いしばるような決断を多くしてきた。そのどれも、後世のためだと信じてきた。歯を嚙み砕き、涎《よだれ》を撒き散らしながら飲みこんできたのだ。今更、吐き出すことなどできるはずもなかった。

大彦が不安そうな瞳を向けていた。

「我らが悪人になれば、子や孫が大和を治める歳になったとき、善人になりやすかろう」

「主上もそうお考えで？」

「どうかな。行いだけ見ればそうだが」

歩き出し、吉備津彦は砂利と砂浜の境に立った。

「あの方は違うだろうな。より純粋だ」

「純粋、ですか」

「主上は、悪人や善人などということは考えておられまい。ただ、御真木入日子でありたいのだ。その名が、唯一、御真木入日子の全てを表すようなものになることを、願っておられる」

そのために、悪人を演じもすれば善人を演じることもできる。

軍を率いて向きあえば敗けるとは思わない。剣を持っても同じことだ。だが、国を率いたとき、御真木入日子という男に勝てる姿が万に一つも想像できなかった。

だからこそ。

「怖いな。翡翠命が」

大彦が背後で身動《みじろ》ぎした。

「万に一つを、想像できてしまう」

火神子《ひみこ》。

そう呼ばれ始めている十五、六の少女と、天孫を名乗る御真木入日子。どちらにも唯一を譲るつもりはないだろう。衝突は避けられず、そうなればどれほどの大きさの火花が飛び散るのか。

戦が長引けば、大和は疲弊する。

それは倭にも言えることだ。そうして疲弊した二国に、大陸の強大な権勢が牙を剝かぬともかぎらない。御真木の思いとは異なるところで、吉備津彦は大陸を危惧していた。

この戦を勝ち切ることが、吉備津彦にできることだった。一瞬の躊躇も赦《ゆる》されない。時があるとは思うべきではなかった。

踏みこんだ足が、砂にめりこんだ。

「使人《しじん》を出す。山の民、大蛇武《おろちたける》は山間《やまあい》を抜け、敵の兵站《へいたん》を切断。三人衆は侏儒の都邑《とゆう》である出雲《いずも》(現在の島根県)を討つべし。指揮は大彦、お主に任せる」

「畏《かしこ》まりました。が、よろしいですかな?」

目を向けた大彦の顔から、好々爺然としたものは消え去っていた。

「侏儒の軍旅(軍勢)は丹波道主へ向けて展開しており、我らの前には出雲まで遮るものはおりませぬ。少々、できすぎではありますまいか」

「侏儒が罠を張っていると?」

「急進すれば、我らの兵站と軍旅の距離は空きます。特に、大蛇武率いる騎馬兵と山の民の足は、徒士《かち》と異なるものです。私も初めて見たときは驚きましたが、侏儒は越国とも山の民とも交易がありました。彼らの力を知っている者がいるとしてもおかしくはありませぬ」

この男は、やはり戦について語る方が、らしい。にやりとして、吉備津彦は肩を竦《すく》めた。

「兵站が切れ、飢えたところで埋伏にあえば、こちらは全滅するか」

「さようです」

雑念が消えていくようだった。

この感覚は、左智彦が傍にいたときにはなかったものだ。

「その顔をお待ちしておりましたよ」

大彦もまた、にやりとした。

ただ戦のことさえ考えていればどんなに楽か。御真木の傘下に入ってからは、あまりにも他のことに心を砕いてきた。ただ、今この瞬間だけは興じても罰はあたらぬだろう。

「先の言は、すべて忘れよ」

「御意」

「三人衆を出雲の手前、夜見島《よみのしま》に急進させよ。同時に、大蛇武と山の民を兵站の護衛に」

「なるほど。大蛇武と山の民が兵站から離れられないと、敵に思わせますか。さすれば」

頷き、大彦が声を落とした。

「三人衆は、夜見島で大敗を装えばよろしいですね」

阿吽《あうん》の呼吸だった。頬を弛めた。

「私は兵站の中にいる。山の民を破った折も、そうして勝ったことを知られているだろうし、訝しがられることはあるまい」

「であれば、私は三人衆とともに」

「任せた。無残な破敗を装ってくれ」

三人衆が大敗を装えば、埋伏している侏儒の軍は戦を決めるため、三人衆に襲い掛かるだろう。

仮に埋伏がいなかったとしても、大蛇武と山の民を出雲へ駆けさせれば、夜見島の侏儒兵は浮き足立つ。

「憂いをもって、利となす」

「なんです、それは？」

「大陸の戦人《いくさびと》の言葉だそうだ」

敵に急所を見つけたと思わせれば、その動きは至極単純なものになる。こちらは、その行動を予見し、上回ればそれでいいのだ。

「敵を知らねば戦には勝てぬ。だが、知った気になれば敗ける」

命のやり取りをするのだ。想定できるあらゆる状況に対して、備える必要がある。百備えて、一役に立てばいい。

今頃、纏向の宮城では御真木と左智彦が額を突きあわせているのだろう。強大な敵になるであろう翡翠命を知るために。

拾い上げた貝を二つに割り、砂の地に落とした。

偶然か。

二つに分かれた貝が、綺麗に一つに重なりあった。

二

麓から等間隔に並べられた篝火《かがりび》が、煌々と光っていた。

社から見下ろすことのできる山道は、二条の光の筋によって巨大な蛇のようにも見える。深い森だが、夜の平原からあふれる喧噪のせいで、孤独は感じなかった。

「右滅彦《うめつひこ》」

社の前に広がる空き地に、五つの影が跪《ひざまず》いていた。一番手前で立ち上がった右滅彦が頷き、山道の縁に立つ兵に近づいた。

篝火が二つ、燃え上がった。

一定の速さで打たれる木の、冴えた音が徐々に大きくなっていく。音が、山道を駆け下り、社から望む空に広がった瞬間、翡翠命は小さく拳を握った。

平原に無数の篝火が灯った。

広大な茂賀《もが》の浦から立ちこめる白い靄が、紅く染まった。燃えさかる無数の篝火が、闇を喰らいつくそうとしている。

右滅彦に続いて立ち上がった四人が、左右にわかれ、社の前に立った。木の律動がやみ、喧噪が静寂に変わった。

茂賀の浦に集結させた一万の軍兵が、固唾《かたず》をのんだ。全ての者が、ただ一人、自分を見ている。震えるような息を吐き出し、翡翠命は足を踏み出した。

社までの石畳は、二十歩もない。

この日の為に用意された純白の大袖の衣擦れが、妙に煩かった。

月の白い光が、全身を照らしている。動きにくい服も、大掛かりな仕掛けも、全ては軍兵たちの心を一つにするために必要なことだ。

平原に集った軍勢は投馬、末盧《まつろ》（現在の佐賀県、長崎県）、不弥《ふみ》（現在の福岡県東部）、伊都《いと》（現在の福岡県北部）、奴《な》（現在の大分県北部）の軍兵からなっている。翡翠命の軍門に降って、一月も経たぬ者たちだ。

二十年にもおよぶ倭国大乱の間、彼らは互いに殺し合いを繰り広げてきた。

血で血を洗ってきた歴史を思えば、ともに戦わせることは至難の業だが、それができねば菊地《きくち》彦《ひこ》には勝てない。大和に抗することなど夢だろう。

ゆえに、火神子の名と実が必要だった。

人は情で動く生き物だが、感情の入りこむ余地のないものがたった一つだけ存在する。その命に従うことに、情を入りこませないものが。御真木入日子が立ち、翡翠命もまた火神子として立とうとしている。

それこそが、神という名の存在だった。

五人が、石畳の外、陰となっている場所に退いた。一万の兵の目には、ただ一人、翡翠命だけが映っているだろう。

社から十歩の位置まで歩き、そして深く息を吐き出した。ふり返り、剣を抜いた。

透き通るような笛の音色が、森の中から立ち昇った。

大陸出身の奏者の奏でる笛の旋律は、現実と幻の境を曖昧にするような響きがある。徐々に大きくなり、二つ、三つに分かれていた音色が、一つのうねりとなって空に駆け出した。

剣を、振った。流れる音のままに動き、宙を斬り裂く。

殺気などはない。ただ無心に舞った。音が激しくなるにつれ、剣の動きも大きくなる。不安を掻き立てるような音色を斬り裂くように。

徐々に、篝火が消えていった。

呼応するように山道の灯りが消え、光の道がなくなった。茂賀の浦に広がる松明《たいまつ》も、山裾から消えていく。全ての灯りが消え去った。軍兵の目には、暗闇の中で、翡翠命が舞っている社だけが、宙に浮き出したようにも見えているだろう。

暗闇の中に残った灯りは、翡翠命を照らす四つの篝火だけになった。

悲しげなものに変わっていく笛の音色に、瞼《まぶた》を閉じた。

暗闇に映ったのは、死を恐怖する己の姿だった。燃えさかる隠れ里、天に響く岩戸彦《いわとびこ》の叫び声が聞こえた。死を恐れ、少女は逃げ出した。そして逃げゆく先で、死に怯えるか弱き少女と出会った。

恐れる自分を、卑下する必要はない。

舞に乗せ、翡翠命はただ剣を振った。眼下、見上げる者たちが思うことは何なのか。瞬く間に現れた翡翠命を、小娘と侮っているのか。大和を恐れ、翡翠命の行動に光を見出しているのか。

斬り裂いた風が、囁いていた。

強い者と弱い者が住まう地が国となるのだと。

勝者と敗者が住まう場所が国だと左慈は言った。一つの見識ではあると思う。だが、そうではないのだと、隠れ里から倭までの旅路が翡翠命に教えた。

勝者と敗者とは、はっきりと分けられるほど形を整えていないし、そもそも人は自分が勝者なのか敗者なのかもよく分かっていない。時に強くもなり、時に弱くもなる。

水のように常に流れ、形を変えていく。凍り、硬い意志を見せることもあれば、砕けることだってある。人は、人が思っているほど優れたものではないのだ。

だからこそなのだろう。

祈るべき神が、さも人であるかのような形をした偶像を作り、願う。

気合を発し、剣を天に向けた。

一万の視線が一斉に上に向いた瞬間、平原が恐怖に包まれた。残っていた四つの篝火が消えた。

月が、欠けていた。

丸く、純白に輝いていたはずの月の縁が、漆黒に塗りつぶされている。それは徐々に純白を喰らっていく。悍ましささえ感じる風光は、翡翠命も初めて見るものだった。

悲鳴があちこちから巻き起こった。闇の中で恐怖に震えている軍兵たちに、翡翠命は微笑み、そして謝った。

「そなたらを、騙します」

剣を身体の前で垂直に構えた。

月の満ち欠けは知っていても、一瞬にして月の全てが消えることは、この二十年間なかったという。そんなはずはないのだが、曇天に阻まれた時もあったのだろう。

今日、この刻に月が隠れることを、翡翠命は知っていた。

この地でただ一人、翡翠命だけが知っていた事実だ。軍兵たちは、恐れ、神の怒りとでも思っているかもしれない。大陸と比して、遥かに知が少ないゆえ、自然へ抱く畏れは大きい。

神を望む心もまた。

翡翠命が、神の怒りを鎮めたとすれば。柄《つか》を、握りしめた。考えるまでもない。すぐ傍で、右滅彦が火種を持って跪いていた。

月が、完全に隠れ、世が漆黒に包まれた。蠢《うごめ》く恐怖が、ひしひしと伝わってくる。

ここで、真に火神子となる。

唾をのみこみ、剣を真横に薙いだ。刹那、右滅彦が火種を目に見えぬほどの速さで、翡翠命の剣に触れさせた。脂を塗った剣が、荒々しく燃え上がった。

燃え盛る長剣だけが、暗闇の中で光を放っている。

一万の視線が、自分だけに集まるのを感じた。私だけを見よ。傲慢とさえ感じる言葉を、剣にこめた。右滅彦はすでに暗がりに下がっている。

暗い世の中の唯一の光に、軍兵たちが縋《すが》るように翡翠命を見つめていた。

身体の周囲に現れては消える炎の弧を、瞼に焼きつけた。生き延びるために、逃げ出したいほど恐ろしい大和と戦う。

戦うことで、倭の民が救われるなどと言うつもりはなかった。それは結果としてついてくるものでしかない。嘘ではないが、真でもない。ただ一つ、翡翠命にとっての本物は、死にたくないという思いだけ。

自分が死ななければ、あとはどうでもいいのかもしれない。

火花が、爆ぜた。

だが、だからこそ、自分であれば御真木に勝てる。炎の暖かさよりも、ずっと熱い自意識がそう叫んでいた。厳かな弓上尊《ゆみかみたける》でもない。強いだけの菊地彦でも、世間ずれした九重彦《ここのえひこ》でも。この倭の地でたった一人、御真木入日子に勝てるのは、自分だけだった。

御真木は唯一であることを望んでいる。他の誰とも比肩しえぬ何者かであろうと。

御真木のたぐいまれなる才は、確かに唯一というべき地に御真木を立たせている。本当に唯一の存在に押し上げている。唯一であることを望む者と戦えるのは、唯一を望む者だけであることを翡翠命は知っていた。

敵を知り、己を知らねば勝つことはできない。

唯一であろうとしない者に、御真木を知ることはできないのだ。

火神子という唯一の者にならねば、生きることの叶わぬ自分であればこそ、御真木を知ることができる。勝つことができる。全ては、自分が死なないためだった。

生きるために、唯一の者として御真木を討つ。

炎の剣を、天にかざした。兵の視線が、ふたたび宙に集まった。のどから洩れた歓声が束となり、そして爆発した。

闇の中から、月が姿を見せ始めていた。

神の怒りから、月を取り戻した神子《みこ》。丸い純白が徐々に形を大きくするにつれて、天に向けた長剣から、炎が消えていった。

炎が消えた。

月が、白く平原を照らしていた。篝火などなくとも、見える。

歓声が平原にうねっていた。火神子を讃える言葉とまなざしだ。幻でしかない。だが、それこそ翡翠命が握りしめるべきものだ。

こめかみから流れる汗をぬぐい、翡翠命は社の陰に移動した。

竹筒の水を、一息に飲み干した。丸太の上に座り、剣を放り投げると、五人が翡翠命を取り囲むように集まっていた。

「剣を、社に奉ってください」

「この社は山の神を奉ったものです。あわせて奉ると？」

九重彦の言葉に、他四人の視線が横たわる剣に集まった。無造作に木の根の上に転がっている、煤《すす》のついた汚れた剣だ。

「神の子、天の孫。すべて言葉でしかありません」

兵の恍惚を否定するかのように、翡翠命は目を細めた。

「しかし言葉こそが至上のときもある。ゆえに、人が人を崇めることを、私は否定しません」

翡翠命自身が、その言葉に神のごとき力を持たせ、用いているのだ。ただ、人は人でしかないとも思う。ゆえに、一つくらい残しておきたかった。

「奉られたものなど、創られたものでしかない。そなたたちが忘れぬために、そして次代の倭を統治《すべおさ》む者たちがそれを忘れぬための戒めの地としてください」

「伝え聞かせればよろしいのですね？」

「決して、讃えてはなりません」

五人の首肯を見届け、翡翠命は立ち上がった。

「大和の吉備津彦が、侏儒に攻め入ったという報せがありました。伝者の脚を考えれば、三十日は前のことでしょう。吉備津彦と丹波道主、大和の両翼が揃っています。早ければ、半年。遅くとも、一年経たずして侏儒は滅ぶでしょう」

「侏儒が勝つことは？」

言ってみただけだろう。目を向けると、投馬の執政を担う時津主《とぎつぬし》が固まったようになった。

「万に一つもありません。吉備津彦と丹波道主は、纏向の地に大和を建国した時とは比べ物にならないほど強大になっています。片方だけでも、かつての帥升《すいしょう》殿と並びうる軍だと思いなさい」

時津主が、固唾をのみこんだ。

大和は未だ真の力を出しきってはいない。言葉にはせず、翡翠命は拳を握った。御真木入日子。大和の軍兵たちが神と信じる英傑が軍を率いれば、その力は格段に跳ね上がる。

「侏儒が滅べば、倭です」

時津主の視線が、勝てるのかと問いかけていた。

右滅彦は勝てると思っている。だが、他の者は危惧の方が大きいだろう。翡翠命を認めている。だが、それ以上に大和という強大な影に恐怖してもいるのだ。

あえて、微笑んでみせた。

「勝てます」

「軍兵たちの中には、信じられぬ者もいるでしょう」

「おい時津主、いい加減に」

右滅彦の言葉を遮るように、小さく頷いた。

「兵が畏怖すれば、本来の力の半分も出せない。そなたはそれをよく知っているのですね」

時津主がうつむいた。

「軍兵の畏れを払うのが、私の役柄です」

「術はあるのですか?」

火神子になるという策は弄した。だが、策はあくまで策でしかない。正面からでは為《な》せぬゆえに、策があるのだ。純粋な力の証明は、正面からしかできない。

「隼人を、菊地彦を討ちます」

「はっ」

「全軍の指揮は、右滅彦」

右滅彦が眉をひそめた。

「ひい様はいかに」

「隼人の戦いは、心幼きものだ。菊地彦の我欲が、隼人を北上させている。であれば、それを叶えてやればいい」

眉間に皺を深くした右滅彦が、九重彦の方をちらりと見た。

「菊地彦は危険です」

「菊地彦は、正面から倒さねばならぬ敵だ」

呟いた言葉に、それまで目を閉じていた弓上尊が目を開いた。白鬚が、風に揺れた。

「儂《わし》は、神子を信じましょう」

老将の言葉には、重みがある。

八城《やつしろ》(現在の熊本県八代市)を失って以降、一度たりとも籠る砦を隼人軍に抜かれていない。一つの敗北が、かつて帥升に仕えていた頃の武人の心を取り戻させたのだろう。その麾下の動きも、鋭さを増していた。

「勝てる者が起《た》つのに、由はいりませぬ」

「帥升殿の言葉だな」

「左様です」

弓上尊が微笑んだ。

「右滅彦、お前でも菊地彦に勝てるかもしれない。だが、お前が勝っても詮なきことなのだ。私が、厄神と恐れられる菊地彦に勝たねばならぬ。大和との戦いを前に、火神子という虚を手にいれた。私にはもうひとつ、実がいる」

四人の視線が右滅彦に集まった。

右滅彦の眉間から皺が取れた。沈黙を破るように、右滅彦が息を吐き出した。右滅彦の逡巡には、主への心配と、そして家族への心配が入りまじっている。それが心地よくもあり、また歯痒くもあった。

「一つ、願いがあります。弓上尊を傍に置いてください」

「ほう」

弓上尊がにやりとした。

「弓上尊が指揮から離れるのは、大きな痛手です。しかし、それ以上にひい様が単独で菊地彦に向かいあわれることは、俺の心を暗くするものです」

「甘えるな、右滅彦」

遮った言葉は、右滅彦の前に跳ね返された。

「ひい様こそ、立場をわきまえてください。ひい様の死は、全軍の死に繋がります。守禦《しゅぎょ》に長けた弓上尊が傍にいると思えばこそ、皆もその力を出せましょう」

さようなことの為に、歴戦の弓上尊を指揮から外せば、その自尊心が傷つくだろう。そう思い、口を開こうとした翡翠命を、今度は弓上尊が遮った。

苦笑し、そして鬚をなでていた。

「神子さえよければ儂は不知火《しらぬい》の一騎として、傍で菊地彦との戦いを見とうございますな」

「そのためだけに、そなたを指揮から外すことはできぬ」

「指揮は右滅彦で十分です。天草主《あまくさぬし》も右滅彦の傍に置きます」

その声には、童子《わらべこ》をあやすような響きがあった。

弓上尊にしてみれば、孫のような齢なのだ。他の者であれば腹も立ったであろうが、優し気な皺に刻まれた微笑みは、翡翠命の心を落ち着かせた。

右滅彦は妥協した。これ以上の妥協はしないだろう。

息を吐き出し、翡翠命は二度頷いた。

「弓上尊。そなたを護衛などという役回りにするのは忍びないが」

「お気になさるな。この老骨、倭の厄神と火神子の戦いを見られるのであれば、労を厭いませぬ。それに、菊地彦とは少なからず思い出がございます」

昔日を懐かしむような弓上尊の言葉に、視線が集まった。

「帥升様の調練に一人乗りこみ、儂に剣を向けた小童《こわっぱ》がいたのです」

当時の倭を知る九重彦が、呆れたように息を吐き出した。

「恐れしらずな」

九重彦が呟いた。

「どうなったのです?」

「なんとか、倒しました。帥升様の名に泥を塗るわけにはいかぬと、必死でした。じゃが、気力が横溢していた頃の儂と、まだ身体もでき上がっていない童子。勝負は、ほぼ互角でした。地に這う菊地彦を見て、末恐ろしいと思いましたのう」

時津主の顔が強張り、弓上尊の副将を務める天草主が不満げな顔をした。

「菊地彦はそれから二十年、戦陣で鍛え続けてきました」

「帥升様の死とともに隠棲した儂では、もはや相手にもなりませぬ。菊地彦は儂に失望しておるようですからのう」

「それはいかなる意です?」

「戦陣を捨てたことが許せなかったのでしょう。儂が、勝ち逃げしたようにも見えたのかもしれませぬ。小童は、捨て台詞だけを残して倭から消えました」

弓上尊が鬚をなでおろし、唸り声を上げた。

「純な男です」

「一度、剣を交え、菊地彦の純は伝わってきました」

「麾下《きか》に引き入れれば、心強い男です」

四人の目が弓上尊に集中した。

「火神子になられませ。菊地彦を負かし、名実ともに火神子になれば、菊地彦は神子に従いましょう」

弓上尊が頷き、頭《こうべ》を垂れた。

「菊地彦は、頂に立ち続けております。何者よりも高い峰に。じゃが、そこは己の他なにも見えない殺風景な、代わり映えのしない頂でもある。いつしか、孤独に苛まれる。そして、頂に立つことに倦《う》みまする」

それは、頂に立ったことのある者の言葉だった。

頭を垂れる弓上尊の姿が、徐々に大きくなったように感じた。

「倦み、衰え、老いる。立っていたはずの頂が、不意に崩れ始める。菊地彦はその恐怖を、抱いているはずです。代わり映えしない頂の風光の中に、さらなる峻嶮《しゅんけん》が現れることを望んでいる。あの一匹狼が、大王《おおきみ》となり、軍旅を率いているのも、すべては峻嶮を求めてです。己の前に立ちはだかる何者かを求めて」

不意に弓上尊の言葉にやさしさが滲んだ。

「小童は、神子にその姿を見ております。己の視界を変えうる何者かかもしれぬと。大和の御真木でもなければ、この弓上尊でも、右滅彦でもない。翡翠命という乙女子《おとめご》であればこそ、菊地彦は立ち上がりました。ゆえに、あの者を従えられるとすれば、菊地彦を倒した火神子しかおりませぬ」

頂に立ち続け、帥升の死とともに自ら頂を下りた弓上尊だからこその言葉だろう。菊地彦への思いやりと同時に、その言葉には一抹の寂しさを翡翠命は感じた。

弓上尊に近付き、老いてなお分厚い肩に手を置いた。

「私に任せておけ」

口調を変えた。右滅彦にのみ使っていたぞんざいな言葉遣いだ。弓上尊が顔を上げた。傲岸さは、左慈との言い争いで鍛え抜かれた。微笑みを捨て、笑った。

「全ての人の想いを満たす者が、火神子だ。菊地彦は、私が救おう」

弓上尊の目じりに、皺がよった。

「儂も、もう少し遅く生まれておれば良かったですかのう」

「そんなことはない。そなたの頂は、崩れてなどおらぬ。目を開け。弓上尊。そしてふたたび、頂に立て。そなたの前にも、私はいる」

老人の眼尻が、小さく光った。

「有り難いお言葉ですな」

「その言葉を言ったからには、老いによる弱音は今後一切聞かぬ」

「畏まりました」

弓上尊の清冽《せいれつ》な言葉に、翡翠命は頷いた。頂に立った己は、どうなるのか。弓上尊の言葉通りならば、いずれ崩れることを恐れるのだろうか。

いや。首をふり、翡翠命は夜空を見上げた。

大和の御真木がいる限り、自分が見る景色の中には、もう一つの頂があり続けるだろう。それでいい。翡翠命がいる限り、御真木も倦むことはない。それが、泰平というのだ。

勝たねばならぬ。

流れた星に、拳を握りしめた。

三

拾い上げた焦げた枝が、自らの重さで二つに割れた。

指先から零れ落ち、地に落ちた小枝が粉々になった。風が、灰を巻き上げる。つかの間、その風光に見とれ、左智彦は広々とした大地に立ち尽くした。

長髄の邑。

かつてこの地で栄えていたものの名だった。山腹から山裾までの広大な大地に、無数の家が連なっていた。民は穏やかで、治める大王を愛し、大王もまた民を愛していた。

視界の端で、風が煤を舞わせた。掴んだ裾を放し、二度、息を吐き出すと、左智彦はようやく足に力が戻るのを感じた。

かつて道であった場所を、歩き出した。

ここに来ると、いつも立ち止まる。邑があった地に踏み出すまでに、様々な思いが去来し、左智彦から力を奪い去ろうとする。聞こえてくるのは、目の前で子を、親を、友を殺された者たちの断末魔の叫びだった。

目を閉じれば裏切り者という誹《そし》りが聞こえてくる。

唾を飲みこみ、左智彦は長髄の街並みを思い起こした。大きな通りがあった。日々の用を足す品が並べられ、毎日人がごった返していた。東西を繋ぐ都邑だった長髄にはあらゆる幸が集まり、人々を豊かにしていた。市が開かれる通りは、食にうるさかった若き登美毘古が、即位して真っ先に整えたとも言われている。

一つ奥の通りに行けば、何に使うのかも分からない品が並んでいた。貝に細工を施したものや、生き物を象った流木を、胡乱《うろん》な老婆がじっと睨んでいた。

握りしめた瑪瑙《めのう》の玉の感触を、未だに覚えていた。胸を高鳴らせ、駆けまわったのは幼い頃のことだ。

焼け焦げた地に、左智彦は飲みこむには大きすぎる唾を吐き出した。臓腑の中を戻してしまいそうな気持ち悪さを堪《こら》え、左智彦は歩き続けた。

二年たった今でも、死んだ者の骨が所々に散らばっている。

杖を突きながらの遅々とした歩みは、彼らの呪詛をあますことなく左智彦に突きつける。この景色は、己への戒めでもあった。

かつて広大な館があった地に辿り着いた左智彦は、空を見上げ、息を吐き出した。

愚かなことをするのは、いつも右滅彦だった。

左智彦はその隣でいつも言い訳に頭を悩ませていた。初めて喧嘩した相手も、隣で握り飯を頬張っていた右滅彦だった。どちらの握り飯が大きいかという、くだらない諍いだ。互いの頬に痣を作り、登美毘古に叱られた。物心ついたときから、傍には常に右滅彦がいた。

そんな右滅彦だからだろう。左智彦の初めての無茶を庇ったのは、右滅彦だった。

庇い方はやはり愚かだったが、横たわる左智彦は文句を言う気にもなれなかった。

「言っておけば、よかったかな」

ふと出てきた言葉に、咄嗟に奥歯を噛み締めたときには、目頭が熱くなっていた。堪えろ。そう思えば思うほど、視界が滲んでいった。

故国は知らない。

だが、郷里と呼べる地の記憶は、拭いがたいほどに瞼の裏に焼き付いている。

購《あがな》った髪飾りは、ついに渡せずじまいだった。

歯の欠けた老婆から買った、瑠璃《るり》のちりばめられた美しいものだ。今思えば吹っかけられたのだと分かる。父からくすねた精緻《せいち》な芸の施された玉と比べると、あまりに素朴なものだ。

だが、当時は髪飾りを贈ろうとした美しい少女が、それを着ける姿を思い、気づきもしなかった。

淡い恋心、なのか。濃淡を語れるほどのものですらないのかもしれない。瞼《まぶた》に映る少女の姿が、浮かび上がり、すぐに消えた。

この地にはあまりにも多くの思い出が染みついていた。

もう帰ることは、二度とない。邑はなく、人もいない。大王もいなければ右滅彦も少女も、父もいない。この世にあるのは、全てが灰となった無残な風光だけ。

竹筒の水を、地面に撒いた。

登美毘古が炎の中に死んでいったとき、左智彦は決めたのだ。もう帰る地は求めぬと。魏という名しか知らない地になど、帰りたいとも思わなかった。

王佐の才がある。そう言って死んでいった登美毘古に報いることができるのであれば、他には何もいらなかった。位も、名誉も、家族も、友も。そして、焦がれるような想いさえも。

誰に憎まれようとも、その果てに殺されることになろうとも、髪飾りに誓った祈りを果たせるのであれば、それでよかった。

自分しかいなかった——。

二年前、少女の命を護ることができるのは、自分しかいなかったのだ。

握りしめた拳を開き、左智彦は肩から力を抜いた。

右滅彦を燃え盛る森の中から脱出させたのは、少女を護る者を送り出すためだった。大王の仇に頭を垂れたのは、少女らが殺されぬよう策を練るためだった。

少女の家族を惨殺した大和の領袖として、少女に恨まれるであろうことは分かりきっていた。裏切り者に憎しみを募らせるであろうことも。

伝え聞いた末盧の征討戦は、凄惨なものだった。

火神子を裏切った末盧の大王とその一族は、鏖殺されていた。広まってこそいないが、それを少女はたった一人でやってのけたという。秘められた激情の大きさの裏返しだろう。

髪飾りを受け取ってくれる少女は、もういない。

だが。目じりに滲むものを拭い、左智彦は衛士《えじ》たちが待つ森に向かって歩き出した。

佐《たす》けるべき、少女はいる。

郷里を奪われた左智彦にとって、それだけで十分だった。登美毘古の最期の言葉は、願いを叶えるための拠《よ》る辺だ。恨まれることが王佐になるのであれば、甘んじて受け入れる。

それが、己にしかなせぬ王佐だと信じていた。

翡翠命の敵として、翡翠命が大きくなるように仕向けてきた。そして今、少女は倭の一統を目前にしている。

左智彦の計謀は、ほぼ成っていた。

御真木は、左智彦が翡翠命へ妬心を抱いていると思っている。父の寵愛を独占した翡翠命を倒し、自分こそが父の務を果たす大望を抱いていると。

父の務など、知ったことではなかった。

渡すことのない懐の髪飾りだけが、左智彦にとっての全てなのだ。

ここまでは、登美毘古が死んだとき、右滅彦に語った物語をまっすぐに辿ってきている。少女には秘するよう命じた物語だ。恨みは力となり、大きな権勢を摑ませた。

何もかもを、力に変えていかねば、到底勝てぬ。それが、御真木入日子という英雄であることを、左智彦は知っていたのだ。

燃え盛る炎の中、血塗れで頷いた友の顔だけが浮かんで消えた。

四

巨大なものが造られていた。

二つの丘は、近づくほどに見上げる首が痛くなる。星の光が薄らいでゆく黄昏《かわたれ》の薄明りの中、その頂に立ち、南に広がる纏向を睥睨《へいげい》する男の姿に、思わず左智彦は目を細めた。巨大さは、力だ。

丘の麓に整列している杖刀人《じょうとうにん》に剣を預け、左智彦は方形の丘に整えられた階《きざはし》を登っていった。方形の丘の頂上には道が一筋刻まれ、その先、円形の丘への入口になっている。

入口に立つ杖刀人の二人が頭を下げた。

風が、吹いていた。

円形の丘の頂に辿り着いたときだった。鋭い風を断ち切るように、御真木が右手を東の空に向けた。

「陽が昇る」

無駄なことを口にはしない。仕えて二年、その傾向はさらに強くなった。一言で示唆し、並ぶ群臣は、その言葉の意を狂いなく読み取らねばならない。

人でないものを騙り、それを事実にしてしまいそうな男の背に、左智彦は跪いた。

「主上の母君にございます」

民は様々な神をつくり、拠り所としている。

その中で使えそうなものを、左智彦は奏上していた。太陽がなければ人は生きることができない。御真木の頷きは、天孫の系譜の源に、太陽の化身である天照大神《あまてらすおおみかみ》を据えるという示唆だった。

御真木がふり返り、にやりとした。

「侏儒が決着した」

「祝着にございます」

「心にもないことを言うな。お主も分かっているであろう。戦いは、まだ終わっておらぬ」

「倭の行方次第では、決まりでございましょうが」

倭では、その命運を決める大戦が起きようとしていた。

倭の北部を制した翡翠命と、隼人の大王菊地彦。その戦に勝った者が、倭を統べる者となる。同時にそれは、御真木入日子の最後の敵が決まることでもあった。

肩を竦め、御真木が鼻を鳴らした。

「余も、そしてお主もそうは思ってはおらぬ」

「翡翠命が勝ちましょうか？」

「倭からの報せが纏向まで届くには、早くとも二十日以上かかる。もう着いておるかもしれぬぞ」

「吉備津彦殿らが、先に知ることになりましょうな」

舞い上がった砂ぼこりが、風とともに流れ、左智彦の衣に薄い層をつくった。鼻の奥をついたのは、土の匂いだった。

「先の見える男だ。下手を打つことはないだろうが、先手は取れぬかもしれん」

「生け捕りにした一万の侏儒の軍兵を使えば」

「丹波道主がそれを持ち掛け、吉備津彦が否やを言う。あの二人の衝突が目に浮かぶ」

言葉に反して、御真木は楽しげだった。

「吉備津彦は清廉な男ゆえ、死兵など使うことを許さぬだろう。翡翠命の出方によっては、犠牲は大きくなるやもしれぬな」

「それでもよろしいと？」

「吉備津彦の良さを殺すくらいであれば、軍兵が死んだ方がよい。兵に代わりはいるが、吉備津彦の代わりはおらぬ」

御真木入日子という男は、人を信じることをまずしない。才を認めても、決して信じない。ただ、見こんだ者の才を用いるだけなのだ。

唯一の者として、隙を見せぬための自制なのだろう。信じることは、相手に頼むことであり、時として裏切られる。裏切られたときの隙が、致命的になることを、御真木は知っているのだ。ゆえに、御真木は人を信じない。ただ、物を大事にすることを知っているため、物の方は信じられていると、心誤ることになる。御真木の人使いの巧みさだった。

さような御真木が、吉備津彦だけは信じている。

人が良く、清廉で、民からは父のように慕われている。御真木とは逆《さかしま》な質を持っている。大和が、物の怪じみた厚みを持っているのは、吉備津彦という男の存在が大きかった。

それがゆえに、吉備津彦の前では微塵の隙も見せなかった。

常に大和のことを考え、その興隆に尽くしてきた。当初、大和の領袖の中にあった左智彦に対する疑念も、今では相当に小さなものになっている。

吉備津彦の北征に参軍したのは、吉備津彦に左智彦という男を信じさせるための術でもあった。

陸道、越国の大和への同化に力を尽くせば、どれほど吉備津彦が明敏だとしても、左智彦の二心を疑うことはなくなる。

吉備津彦の清廉さを謀ることは、僅かながら気後れに似たものも感じた。足の不自由な左智彦が歩き辛そうにしていると、肩を貸してくるような男だ。ただ、それも左智彦の心を変えるほどのものではなかった。

陸道から見れば、倭は遥かな地だ。陸道を整えたところで、翡翠命の脅威になることはない。吉備津彦を北征の軍将として策を奏上したことには、その意もあった。

もしもだ。吉備津彦が征西の軍将として纏向を発っていれば、高島宮《たかしまのみや》（現在の兵庫県西部）を始めとした西国は、大和に従順な地となっていただろう。今のように、丹波道主や大和への怨嗟が渦巻く地にはなっていなかったはずだ。

吉備津彦が疑わなければ、御真木の疑いも小さなものになる。

二年、傍に仕え見つけた。御真木のほんの僅かな隙が、吉備津彦への想いだった。

「主上がそうお考えであれば、私は兵站に血を吐くだけでございます」

長髄が滅んだ直後、翡翠命が力を持たぬ少女だったときは、左智彦が裏切るなど誰も思わなかっただろう。

ただ左智彦だけは信じていた。翡翠命が、必ず大きくなると。ゆえにこそ、一挙手一投足を慎重に、大和に忠義を尽くしてきた。翡翠命が力を持った今、疑われぬように。

御真木が左智彦を一瞥し、視線を纏向に戻した。

「であるか」

それでも目の前の男を欺くことはできないかもしれない。男が醸し出した気配に、肌がざわついた。

「それで左智彦よ」

御真木が横を向いた。太陽と、その右目が重なった。

「どこまでが、お主の予期した現だ?」

疑っているわけではない。ただの問いかけだ。だが、左智彦にその問いを、当然のごとくぶつけてくるのが御真木という男なのだ。

杖を握る拳が固まっていくのを感じた。

「どこまでとは?」

「余はお主を認めておる。その見識の高さと、万物を柔軟に捉え、だが断行する果敢さを。お主の働きで、纏向は大幅に早く整った。陸道、越国を中心とした地からの歳入も征討して間もない地とは思えぬほどの大きさだ」

「主上のお力添えがあればこそです」

左智彦の言葉に、御真木の瞳が暗く翳った。

「余は、謙遜は嫌いではない。が、それは才無き者が、自分を護るためにするならばだ。才ある者の謙遜は、そこにいかなる意があるのか、疑ってしまう」

御真木の視線に震え、自ら過ちを吐露してしまう者もいる。それほど、御真木の視線は人間離れしている。向けられた気配は、詰問にも近いものだった。

下手な嘘は通じない。であれば、真実を言えばいい。

「往時の予期を口にすることは、愚か者のすることです。それでもお聞きになりたいのでしょうか?」

「聞かせてもらおうか」

ゆったりとした言葉に、左智彦は唾を飲みこんだ。

「では」

一歩、前に進み、左智彦も纏向の平原に目を向けた。

「全て、でございます」

杖の先が、今にも崩れそうな石の上に乗った。

「翡翠命が大きくなることを、見通していたと?」

「主上の目を通してですが」

御真木の目の光が強くなった。

「どういうことだ?」

「主上が翡翠命にご自身を重ねられていることは、初めから分かっておりました。吉備津彦殿より、丹波道主殿より、主上のその想いを知るのは早かったはずです」

「あの者たちよりも、お主のほうが余の心を分かっていると?」

首を、横にふった。

「私は、両者を知っております」

覇者として大和を築き上げた御真木入日子と、左慈によって覇王の器と見出された幼き日の翡翠命の両者を知っている。父を愚かだと思ったことはない。己の目を、足りぬと思ったこともない。

父子で得た確かな思いが、翡翠命と御真木入日子という二つの唯一の存在だった。

二人は、よく似ていた。

「隠れ里から逃げ出した乙女子一人。征西を指揮する丹波道主殿に、その追討を厳命したのは、自分と似た力を翡翠命が持っているのであれば、必ず並び立つほどに大きくなってくると思われていたからでしょう」

「余に比肩する力を持っているのであれば、丹波道主では斃《たお》せぬ」

「だからこそ、私は吉備津彦殿の北征を進言いたしました」

御真木の肩がかすかに揺れた。

「主上に並ぶ力があるのであれば、翡翠命は必ず強大な敵として現れるでしょう。その時、正面からの戦陣で鍵を握るのは、丹波道主殿ではなく吉備津彦殿です」

「丹波道主は戦が不得手なわけではない」

頷き、しかしと首をふった。

「謀《はかりごと》であれば、誰も及ばぬほどの腕をお持ちです。しかし、正面からのぶつかりあいでは、吉備津彦殿に後れをとりましょう。そして」

息を吸いこみ、吐き出した。

「軍旅を率いれば、吉備津彦殿はかつて主上に伍したほどの才をお持ちです」

「よく知っておる」

「主上が吉備津彦殿だけを、他者と一線を画す形で扱われる由が、気になりました」

さりげなく放った言葉は、お前の思いに気づいているという微妙な圧力だった。秘することを知られた相手に対して、人は譲歩を大きくする。

御真木が鼻から息を抜いた。

「北の大地では、二つの畏れが拭えぬものとして伝えられています」

「畏れ、か」

微かに笑ったのか。肌が、さらに粟立つのを感じた。

「黒の軍と白の軍による十日にわたる殺し合い。降り積もる雪が追いつかないほどの血が、大地に吸われつづけました。丹波道主殿を従えた主上と、吉備津彦殿の戦い。その果てを知る者はほとんどおりませぬ」

「遥か昔のことだ」

「その戦を境に、吉備津彦殿は大和に降りました。戦は分けたものの、普天の一統を目指す主上に、吉備津彦殿が賭けたと」

「それを言ったのは？」

「吉備津彦殿ご自身です」

御真木が、声を上げて笑った。

「あ奴らしい」

が、と区切り御真木が不敵な光を目に宿した。

「勝負はついていた」

御真木がふんと笑った。

「余と吉備津彦。丹波道主は大彦に組み敷かれ、余の剣は吉備津彦の手前で空を切った。吉備津彦の剣だけが、余の首もとに触れていた」

心の臓が大きく鳴った。

予期していたことが、最悪の形であたってしまった。だが、翡翠命が大和との戦に入る前に、その事実を知ることができたのは僥倖だろう。

「さればこそです」

唾を飲みこみ、頷いた。

「翡翠命を砕くには、吉備津彦殿の力が重きをなします。北征を終え、吉備津彦殿は大蛇武を麾下に引き入れました。率いる三人衆の力も、比べ物にならぬほど上がっています」

吉備津彦軍は、左智彦の思惑を超えて強くなった。

強くなってしまった。

「物語を紡ぐ妨げとなる敵は、吉備津彦殿が討ちましょう」

このまま吉備津彦が倭に進めば、丹波道主とともにあっさりと倭を滅ぼしてしまうのではないかと思ってしまうほどに。侏儒の兵一万を生け捕りにした戦術の冴えは、ぞっとするほどのものだった。

さような現を前に、翡翠命が勝つ術は一つだった。

「今こそ、一つなる物語の始まりの地に、立たれるときです」

翡翠命が勝つためには、吉備津彦でも丹波道主でもない。大和唯一の頂点、御真木入日子を殺すしか道はないのだ。

二年、待った。

背の汗が、滝のように流れた。

「親征なされませ」

御真木を戦場に立たせ、翡翠命の剣を届かせる。

それこそが、左智彦が右滅彦に誓った最大にして最後の務だった。この一言を言うためだけに、二年の間、御真木入日子の下で血反吐を吐きながら大和を創り上げてきた。登美毘古を大王としてふるうはずだった力を、策を、すべて注ぎこんできた。

喉もとの唾が飲みこめなかった。

それはあまりに強い視線だった。背後の陽よりも強烈な視線が、左智彦の身体を硬直させていた。

つかの間の時が、倦むほどの長さに感じた。吹き付ける風が耐えられないと思ったとき、御真木がゆっくりと頷いた。

「この地が何か、お主には分かるか？」

「いえ」

「吉備津彦は、砦として作ったようだが。余はここにもう一つの役柄を与えようと考えておる」

何の話をしているのか。身体中から汗が噴き出すのを感じた。

「これは、余の奥津城《おくつき》（墓）だ」

「奥津城、ですか」

「人は、二度は死ねぬだろう」

御真木の顔に、笑みが広がった。

「聞いたことはございませぬ」

「一度死ねば、戦陣に死ぬことはあるまい」

御真木が動いたと思ったとき、その身体はすぐ傍にあった。

「この二年、お主の働きは賞賛に値する」

耳もとでささやくのは、御真木の低い声だった。言葉が、頭の中で形になりかけた瞬間、脇腹から這い上がってきた痛みが、全てを塗りつぶした。

杖の先、石が砕けた。

視界が赤く、染まった。

「左智彦。余の身代わりとなり、死んでゆけ」

頭がよく回る。昔からそう褒められてきた。今この瞬間、現を理解してしまう頭に、ただ苛立ちを覚えた。御真木の手に握られた短剣が、左智彦の腹に柄まで刺さっていた。

唾が、喉を鳴らした。

「御真木」

「良い顔だ。左智彦。ようやく、お前を知れた気がする」

いつから見抜かれていた。呟きこみ、見上げた御真木は、だが静かに微笑んでいた。

「お前のことを疑ってはいなかった。初めから、ここで死んでもらう、そう決めていただけだ」

混乱する頭を、必死の思いで罵った。

「どういう、ことだ」

つくろう余裕はすでになかった。御真木の笑みが大きくなった。

「お前が進言せずとも、余は親征するつもりであった。余と並ぶやもしれぬ翡翠命が相手だ。余が行かねば、決着はせぬ。さればこそ、戦陣に出るには、憂いをすべて取り除かねばならぬ」

「それが私だと」

痛みが、全てを漠然とさせていた。

御真木が笑みを収めた。代わりに浮かんだのは、人への期待を捨てた、人ならざる者の無関心さだった。

「翡翠命が大和に勝つためには、戦陣に赴いた余の首を取るほかに道はない。翡翠命の勝ちが見える策を進言すれば、お前を殺すと決めていた。内通の有無にかかわらずだ。お前が亡き主の忘れ形見に同情せぬとも限らぬ」

ぼやけはじめていた視界が、いきなり鮮明になった。

「それが、お前の目なのだな」

つまらなそうに御真木が呟いた。

これが、御真木入日子という男の真の姿なのか。誰も信じず、誰にも期待しない。自分は、この男のことを、甘く見ていたのか。

「案ずるな」

しゃがみこんだ御真木が、そう呟いた。

「翡翠命は、余が直々に手を下す。お主は、草葉の陰から、倭が滅び、大和のもとに全ての国が一統される様を見守っていよ」

御真木が、立ち上がった。

「せめての褒美だ。お主に名をやろう」

その声には、やはりいかなる感情も見出せなかった。

「饒速日《にぎはやひ》。天孫を迎えるため、家族を殺した惚《ほう》けの名だ」

唯一の地に立つ者は、これほどまでに大きいのか。あらゆる思いが駆け巡る頭の中に、御真木の声が無感動に割りこんできた。

「さらばだ。建国の功臣よ。左智彦。その名は竹帛に残るまいが、余はずっと覚えておる。小娘を勝たせようと大和に頭を垂れ、大和の権勢を確かなものにした愚か者の名を」

声が、遠ざかる。足音が、ゆっくりと離れていった。

「安らかに、眠れ」

御真木入日子。

口の中にこめた言葉は、喉からあふれた血によって声にはならなかった。身体が、地面とぶつかった。だが、覚悟した痛みはなかった。脇腹から流れ続ける血が止まれば、自分は死ぬのだということだけが、分かった。

ままならない息を吐き出し、うつぶせになった身体を空に向けた。

こんなものなのか。

自分が混乱しているのか、それとも冷静なのか。ようやく、わずかに吸いこめた息が、思考の波を落ち着かせていった。混乱はしていない。右手も左手の感覚もなくなっているが、視界に映る蒼さだけはいつもと同じだ。

足音は、もう聞こえなかった。吹き荒れる風の煩さだけが、左智彦の傍にあった。

自分の死が、何をもたらすだろうか。

考え、答えを出したところで、何の役にも立たない問いだ。それでも、思いを止めることはできそうになかった。

丹波道主は喜ぶだろう。ずっと、左智彦を疑っていた。だが、御真木ほどの抜け目なさはなく、それほど警戒もしてこなかった。親しくもならなかった。

吉備津彦はどうか。あの男は、左智彦が目を細めてしまうほど清廉な男だった。出会う形が違えば、そう思ったことも一度ではない。血なまぐさい息を吐きだし、苦笑した。

それでも、吉備津彦が御真木を否定することはないだろう。御真木への忠義は、吉備津彦の泰平への祈りと重なっている。御真木がその道を進む限り、吉備津彦は付き従うことを誓っている。ただ、次は自分の番という疑念は芽生えるかもしれない。

唯一の者が恐れるのは、自分にとって代わることのできる力を持つ者だ。左智彦であり、吉備津彦であり、丹波道主という大和の領袖である。

吉備津彦は、御真木入日子という人ならざる者の唯一の隙だ。

報せを送ることは、できなかった。それは、ここで御真木に殺された己の失敗だろう。だが、翡翠命であれば案じずともよいと思った。

この二年、直接的な手助けをしたのは、ただの一度だけだ。その他は、翡翠命は迫る危機を自らの力で切り抜けてきた。左智彦は、状況を整え、遠い戦場に戦う翡翠命と右滅彦に賭けてきただけだ。

何かをしてやれたなどと思うのは、傲慢でしかない。

ただ、自分にしかできなかったことだという自負もまた、同時に強くあった。

自分が死ねば、翡翠命はどう思うだろう。裏切り者が死んだと喜ぶだろうか。それは、嫌だなと思った。家族に恨まれて死ぬのは、自分であっても寂しいのだ。新しい発見だった。

死の間際に見出した想いに、思わず頰が緩んだ。

自分が死ねば、翡翠命の中にある裏切りへの赫怒《かくど》は、なくなるだろう。末盧の裏切りに、我を忘れ王家を殺し尽くしたことを、自戒する。敗者も勝者も受け入れるのが国だと、はっきりと思い出すはずだ。

青空の中に、黒い染みが二つ。

渡り鳥だろう。視界の端が滲み始めた目を凝らし、その羽ばたきを見つめた。渡り鳥を羨ましいと思ったことは一度もなかった。遠くの郷里までも、一息に飛んで行ける。そうこぼす者に、共感したことは一度もない。

ただの、雀で良かった。

軒下に小さな巣を作り、冬の寒さを互いの熱で温めながら過ごす。家族が揃い、小さくとも生きられる場所があればいい。巣の周りを、飛び回ることができれば、それでいい。

視界から渡り鳥が消えた。

望む生き方は、なかなかできない。だからこそ、人は憧れを持つ。手の届かぬ地と知っているからこそ、恋焦がれるのだ。

不意に、苦しさがなくなった。二十数年の生涯の中で、感じたことのない浮遊感だけがあった。

空が近くなった。

右滅彦は、上手く翡翠命を導くだろう。恨みを力に変え、そして自分の死が恨みを払拭させる。並の者であれば、左智彦へ忸怩《じくじ》たる思いを抱くかもしれない。だが、翡翠命は左智彦が信じた少女なのだ。

全てを呑みこみ、力と変える。

そう信じたからこそ、翡翠命の傍を右滅彦に託した。

妹と思っていたのは、何も右滅彦ばかりではない。違うのは、そこに淡い色が混じっていた気がするということだけ。

生きていてほしかった。何よりも大切で、ずっと傍にいたかった。

だが大切な少女が生き延びるためには、自分が傍にいるわけにはいかなかった。どちらかを諦めねばならないという選択の答えは、考えるまでもなく出た。自分の想いよりも遥かに、少女の命が失われることが耐えられなかった。

裏切り者である自分がここで死ぬことで、翡翠命の心の中にあるわだかまりは消えてなくなるだろう。

大きくなるための力であった恨みは、王となり持ち続ければ、猜疑となり、国の滅びにも繋がる。自分の死で、恨みを排することができるならば、それ以上のことはない。

「私を、見くびるな」

ようやく口にした言葉とともに、拳の感覚が戻った。吊り上がった頬から、砂がはらはらと零れ落ちた。

御真木は、大いなる過ちを犯した。

左智彦を殺したことで、翡翠命を覇王へと押し上げる鐘を鳴らしたのだ。

瞼が、重かった。

髪飾りは渡せなかった。だが、もっと大切なものを、渡せた。渡せたはずだ。瞼が落ちる寸前、視界の中に映ったのは、少女の後姿だった。

ようやく、懐にある髪飾りの重さが、消えた。

五

星が落ちた。

歯を食いしばった瞬間、右手から空気を揺るがすほどの衝撃がきた。先に布陣を終えたのは翡翠命だった。菊地彦たちが急進しているという報せを受けたのが一昨日の夜深くのことだ。

やはり、尋常の者ではないか。

拳を握りしめ、翡翠命は馬に飛び乗った。

「右滅彦と時津主で、正面を防ぎなさい。不知火」

言うやいなや、隣で弓上尊が騎乗した。

掛け声とともに、疾駆した。篝火が線になり、徐々に少なくなる。不知火三百騎はすぐ後ろに付いてきていた。空気が震えた。

策と呼べるような代物ではなかった。

菊地彦——。

暗闇の中のどこかで、舌なめずりをしているであろう男の名を呟き、翡翠命は目を細めた。

一万の軍兵が近づいている。その報せが届いたときから、菊地彦の進軍はさらに速くなった。兵書に則れば、近づいたのち、己に利する構えをとるのが常道だ。左慈がいれば、菊地彦を口汚く罵っただろう。

どう動く。見極めようとした翡翠命の意表を衝くように、菊地彦は、ただ、勢いのままにぶつかってきた。

月の無い闇夜だ。

菊地彦の無謀な突撃は、翡翠命の想像を超えた猛威をふるっていた。菊地彦はこちらの備えを把握していないが、こちらもまた菊地彦の動きを把握できていない。並外れた速さで進み、長蛇となっていた菊地彦軍は、どこが主力かも分からなかった。

狙っていたのだとしたら、菊地彦は実戦を相当に知っている。

見極められなかった自分の甘さだ。

己の失策に舌打ちした。唸るような風を巻きつかせて、すぐ耳もとを矢が飛んでいった。身体を伏せ、馬首に抱き付くようにして駆けた。森を抜けたとき、指示を飛ばす男の声が聞こえた。

剣を抜こうとした天草主の傍に飛び降り、その手を押しとどめた。

驚いたように広げた瞳を瞬かせ、天草主が首を横にふった。

「近づき方をお考えください。剣を抜くところでした」

「私が止めねば、抜いていたでしょう」

かぶりをふる天草主の手を離した。

「ここは手薄です。まだ動く余地は十分に」

「そうですか」

言葉にしながら、頷いた。

菊地彦の思惑を、理解した。呑まれれば、明日にでも戦は終わる。足もとからせり上がってきた怖気に、翡翠命は地の枯葉を踏み抜いた。天草主が肩を震わせた。

「天草主、今すぐ麾下の千を三つに分けてください」

「さようなことをすれば、ここが抜かれます」

「構いません」

菊地彦の狙いは、陣の突破ではない。本陣から離れて布陣している天草主を避けたことが、何よりの証だった。

「菊地彦の狙いは、我らの兵糧です。急進してきた菊地彦軍は、輜重隊《しちょう》との距離は相当に離れているはずです。明日の兵糧も、兵士一人一人が携帯しているわずかな量でしょう」

天草主の顔がひきつった。

「兵糧を奪われれば、こちらが窮地に陥ります」

火神子軍の兵糧の集積地までは、四日の距離がある。

輜重隊が常に動いていると言っても、陣地に蓄えてある兵糧が奪われれば、二日経たずして飢えが始まる。

「がむしゃらな夜襲に、各軍の将は菊地彦の狙いを見定めようとしているでしょう」

歴戦であればあるほど、菊地彦の無謀な動きに慎重になり、動きが硬直する。

「ただちに兵を分け、輜重の守禦を」

弓上尊の頷きもあってか、天草主は焦ったように頷いた。

「神子は」

「敵の隙を衝きます」

「この闇夜で、隙など見つけられましょうか？」

「見つけるまでもなく、大きな隙があります。不知火の足であれば届きます」

気づいたのか、弓上尊の頬がひくと動いた。

「神子。それは無謀と言いましょうぞ」

「小言は後で聞きます」

言い捨て、翡翠命は馬に飛び乗った。弓上尊も慌てるように騎乗した。

「天草主、任せました」

「はっ」

返事が耳に入ったとき、風光は流れ始めていた。

投馬と邪馬台の境となる八女《やめ》（現在の福岡県八女市）の地勢は、すべて頭に入っている。

大軍が行軍できる道は多くなく、まして多くの兵糧を積む輜重隊が通ることのできる道は、一つしかない。徒士の脚であれば二日はかかる。だが、不知火であれば、夜が明ける前に届く。

菊地彦が置き去りにしている隼人の輜重を、全て焼き討ちにする。

敵の後方に回りすぎることを、弓上尊は危惧した。だが、これは己の甘さが招いた窮地だ。取り戻すのも、己であるべきだった。

戦場の喧騒が遠ざかり、静寂に変わっていく。

不知火が駆ける音だけが、暗闇の中で空気を乱していた。

敵もおらず、矢も飛んでこない。それが、かえって不安を掻き立てた。死へ向かって駆けているという思いが、心の奥底から這いずり出ようとしてくる。死なぬために、戦場に赴き、翡翠命を殺そうとするものを遠ざけようと決意した。

が、死を恐れていないわけではない。むしろ、逃げていたときよりも死を恐れている。戦場で臓腑をまき散らしている軍兵を見れば、腹の中の物が戻りそうになるし、剣を向けられれば気がふれそうになる。

それでも、戦をくぐり抜けねば、望む地には辿り着けない。

引き返せもしない。末盧の宮城で我を忘れ、裏切り者を皆殺しにしてしまった。その時、翡翠命は全てを悟ったのだ。

生ある全ての者は、死を踏みしめて立たねばならないと。

勝者を殺さねば、生きていることはできない。御真木を、吉備津彦を、左智彦を。末盧の伊實《いさね》彦《ひこ》の胸を貫いた剣の感触は、今でも覚えている。自分が恐れているものを、自分は他者に与えたのだ。

裏切った者を殺さねば、自分が殺される。

手綱を握りしめた拳に、冷たいものが触れた。霧の冷たさが、全身を包みこんだ。これは自分に否を突き付けんとしているのか。いや、違う。不吉な形をなした白い靄に、濡れた髪をかき上げた瞬間、霧が晴れた。

殺さねば、前には進めぬのだ。

柔らかな薄明りが、不知火を包みこんだ。

東の空、茜色の曇天が浮き出てきたとき、不知火の殺気が膨れ上がった。

「なんなのだ、あの男は」

飛び出した言葉は、自分でも驚くほどの苛立ちが滲んでいた。菊地彦軍の兵糧を焼き払うという目的を、不知火は成し遂げるだろう。しかし、生きて戻れるのか。

丘を越えた先に広がる草原は、ある場所を境に、この世の終わりを告げているようだった。

菊地彦が大剣をひっさげ、笑っていた。

剣を抜いた。

「弓上尊。兵糧を」

翡翠命は不知火を二つに分けることを決断した。

菊地彦の背後にいる二百ほどが、率いる全ての軍兵なのか。

だとしても、あれは捨て身などではない。もっと愚かな狩人の性だ。己の身を獣に喰らわせ、獲物を喰らう。飲みこんだ唾が、喉を鳴らした。

声の届く距離で止まり、翡翠命は剣を水平にかかげた。

「兵糧を犠牲にしてまで、私と戦いたいのですか」

「優れた麾下がいる。お前たちの兵糧を頂くさ」

「右滅彦に勝てる者はいません」

「ふん。互いに麾下を信ずる将同士がここにいるというわけか」

菊地彦の殺気が、風とともに天へ駆け昇り、普天を包みこんだ。

「さすれば、ここで勝った者が、戦に勝つということだな」

菊地彦が前に出て来た。

翡翠命が兵站を狙うと読んでいたわけではないのだろう。読んでいれば、もっと多くの軍兵がここで待ち構えていたはずだ。これは、菊地彦の獲物を探す野性の勘でしかない。それがゆえに、菊地彦軍の指揮を執る日向《ひむか》は、わずかな護衛しか菊地彦につけなかったのだ。

前に出た。

戦がどうなろうと、菊地彦の言葉通り、翡翠命か菊地彦のどちらかが死ねば、勝敗は決まる。徒士二百では、騎兵百五十を止めることはできない。思いがけず訪れた決着の機を逃すつもりはなかった。

拳に力をこめた。

邪馬台で向きあった時とは違う。倭の北部を統一した火神子として、ここにいるのだ。相手が誰であろうと、敗けない。必ず、滅ぼす。

息が、白く洩れた。

ぞっとするほどの寒気が這い上がってきた。宙に跳び上がった。受け流しきれない。菊地彦の顔を蹴り下ろし、その反動で翡翠命は地に降り立った。菊地彦の剣が、翡翠命の馬を両断していた。

鎧の鳴らす金属音が、ぎしりと鳴った。翡翠命の蹴りを防いだ腕の横に、菊地彦の瞳が爛々と光っていた。

遠くで火の手が上がった。弓上尊率いる不知火が火をつけて回っている。だが、菊地彦は、それを微塵も気にしていない。

背後で、不知火が円陣を組んだ。

「待った甲斐があったな」

菊地彦の言葉が、重しのように降ってきた。

「邪馬台で剣を交えた時とは明らかに違う」

息を止めた。すぐ目の前に巨軀《きよく》がある。地すれすれから吹き上がってきた剣を躱し、すれ違った。手応えはまるでない。皮を斬っただけだ。

「だが、どうしてかな。ますます俺は分からなくなった」

剣を身体の後ろに構える菊地彦が、目を細め呟いた。

「高島宮で感じたほどに強いと思える。だが、それでもあの時とは別人のようだ」

「言っている意が分かりません」

菊地彦が、身を低くした。

「弱くなったのか？」

踏みこんだ。菊地彦の間合いだ。巨体からは想像できぬ速さは、目では追えない。地が揺れた。咄嗟に、翡翠命は剣を地に突き刺した。つんざくような金属音とともに、火花が飛び散った。二つに折れた剣を捨てた。

さらに踏みこみ、翡翠命は腰の短剣を抜いた。

刹那、肺腑の空気がすべて口から飛び出した。

視界が飛んだ。空が、地が、草が。身体のあちこちから伝わる衝撃に、歯を食いしばった。

視界が止まった瞬間、跳ね起き、飛び退《すさ》る。薄皮一枚のところだった。すぐ目の前を通り過ぎた剣閃に、翡翠命は息を吐き出した。

両足から伝わるのは大地の感覚だ。だが、浮いているように不確かだった。

人間離れしている。斬りにいった短剣を、菊地彦は渾身の力で殴りつけてきた。拳から血を流す菊地彦が、にやりとした。

「よくぞ、躱した」

まぐれに近い。心の中で自嘲し、翡翠命はあたりを確かめた。

輜重を燃やす火の手は、徐々に大きくなっている。四方からは、焼けだされた隼人の軍兵の悲鳴が聞こえている。ここで退くのが最善だということは分かっている。だが、それを許さぬものが、目の前にいた。

地に刺し、菊地彦の大剣を防いだ剣は、半ばから綺麗に断ち割られていた。

「だが、そういうことか」

一人、納得したように頷く菊地彦が、ふたたび剣を後ろ手に構えた。

「人に近くなったのかな」

すっと入りこんできた言葉に、心臓が跳ねた。菊地彦が前に出て来た。衝かれるはずのない不意を衝かれた。躱せない。歯を食いしばった瞬間、身体が宙に引き上げられるのを感じた。

菊地彦の舌打ちが、一気に遠ざかった。

「退きましょう」

弓上尊の声が、翡翠命の身体を包みこんだ。翡翠命を引き上げた弓上尊の馬上で、翡翠命は息を吐きだした。老人の落ち着いた声が、跳ねる鼓動を落ち着けるようだった。

菊地彦の言葉がこびり付いて離れなかった。

人に近くなったのか——。

もとより私は人だ。金切り声のように、心が叫んでいる。そう確信しているにもかかわらず、何故、あの言葉はこれほどまでに心を乱しているのか。弓上尊が呻き声を上げた。

その声に、握りしめたものが、弓上尊の脇腹であることに気付いた。

短剣を、過ぎ去る景色の中に放り投げた。

「意が分からぬ」

弓上尊の戸惑いを感じた。だが、その口から何かが洩れることはなかった。

戦場に戻った翡翠命を待っていたのは、対峙する二つの軍勢の姿だった。

両者ともに一万を超えない程度だ。敵の軍将は戦上手で知られる日向と切嶋武《きりしまたける》の二人だろう。木の柵で囲まれた本陣が見えてきた。

焚かれた二つの篝火の前で、弓上尊の背から飛び降りた。竹の弾ける音に、思わず苛立ちを感じた。何故そうしたのか。篝火の一つを蹴り倒した瞬間、翡翠命は呻いた。

「右滅彦。いかなる有様になった」

「兵糧を半分ほど奪われました」

怯えるように見つめる天草主の視線に、翡翠命は頭をふった。

「天草主。よく、持ちこたえました」

「申し訳ありません」

怯える天草主の表情に浮かんだのは、まとわりつくような後悔だった。突き詰めるべきだという思いを、翡翠命はあえて無視した。

「右滅彦、右翼の指揮を。兵糧が尽きれば、凄惨な戦いになるぞ。その前に、決着させる」

「分かりました」

菊地彦の言葉が、耳にこびりついていた。舌打ち。手をふり、全軍を前に出した。菊地彦が戦場に着く前に、終わらせる。

遠くで、陽が落ちた。

六

崩された切嶼武の三千を救うように、日向が兵を動かした。

鉦の音と矢文によって伝達される指揮によって、遠くの戦場まで日向の指令は遺漏なく届く。

本陣の中央、戦場を睨む日向の後姿に欠伸《あくび》をし、菊地彦は太陽に向けて両手を伸ばした。

丘を吹き抜けた風の心地よさとは裏腹に、眼下の大地には血腥《ちなまぐさ》い風が吹いている。喚声が沸き起こった。隼人軍の左翼が、右滅彦に押しこまれていた。

高島宮でともに戦った武人で、ここに来た楽しみのうちの一人でもある。

花を踏まないように地面を見ながら、日向の隣に立った。

「容易な敵ではないようだな。お前がここまで手こずるとは」

舌打ちが、聞こえてきた。

「あたり前でしょう。指揮を執っているのは、北の盟邦を半年かからずして制した火神子と右滅彦。なぜか初日は指揮から外れていたようですが、左翼を率いているのは、弓上尊です。ここ何十年かに及ぶ倭の大乱で、最も強力な軍旅と言っても過言ではありません」

「それだけの陣容を持った相手に、お前は善戦している。これはいかなることだ」

「私の力を、素直に褒めてください」

深い溜息が聞こえた。

「切嶼武に援軍を。大王に行っていただきたいのですが」

「あそこは右滅彦であろう。俺が動くのは、翡翠命がいる場所だけだ」

「右滅彦が戦場の中央から動かぬことで、切嶼武は動くことができておりません。翡翠命を誘《おび》き出すためには、戦陣を動かさねばなりますまい」

「どういうことだ」

日向が肩を竦め、平原に手をかざした。

「弓上尊と右滅彦。二人の首を落としてきてください」

「容易《たやす》く言うではないか」

「大王が翡翠命を討っていれば、終わっていた戦です。二度も見逃したがゆえ、いま、私は苦戦しております」

区切った日向の言葉を遮るように、菊地彦は耳の穴に人差指を入れた。微かな痒みが、心地いい。

「大王」

舌を出し、菊地彦は手をふった。

「分かった、分かった。行けばいいのであろう。だが、二人の首までは望むな」

「大王でも勝てぬと？」

かすかに不安そうな声音が混じった。鼻から息を抜き、笑った。

「俺が勝てぬ敵などおらぬ。だがな、日向。人の生死は向きあってしか分からぬことがある。長く実戦を避けてきた隼人軍には分からぬであろうが。俺は二十年、戦い続けてきた」

その知が、強く囁いていた。

「あの二人は、まだ討てぬ」

右滅彦たちは、何かを狙っている。戦場を駆けまわる二人の動きを見れば、彼らが草むらの小石までも視界に入れているであろうことが分かる。

今の右滅彦たちには、不意打ちなど効かないだろう。視野がとてつもなく広い状態にある将は、なかなか死なない。

「まずは、視野を奪わねばならぬ」

「そういうことですか」

実戦の知が足りぬと言っても、日向は一から十を知ることができる。唸り始めた日向の背を叩き、菊地彦は前に出た。

「場を作れ。二人の心をからめとる場を。さすれば、俺が首を二つ、落として来よう」

「畏まりました」

背後で日向の返事を聞き、菊地彦は腕を大きく回した。

吹き飛んだ敵の骸《むくろ》が、音を立てて地に激突した。

軽く振った剣にあたった不幸な敵だ。一瞬で殺してやれなかったことを詫びた菊地彦の笑みに、敵の悲鳴が沸き起こった。

日向の読みは正しい。

右滅彦と弓上尊は、切嶼武の首を獲りに来ている。左右からの強烈な攻撃に、切嶼武が崩れかけた。その瞬間、菊地彦は五百の軍兵で敵の中央を粉砕した。

剣を薙《な》ぎ払うたびに、敵が二人三人と宙を舞う。それでも臆することなく向かって来るのは、将の指揮が行き届いている証拠だった。

背後で手勢をまとめた切嶼武が、菊地彦の後詰に入った。敵の猛攻に崩れかけた箇所を、日向が的確に塞いでいく。戦況は一進一退だった。

「ほう」

敵の喚声が徐々に大きく、そして菊地彦に近づいていた。

正面の敵本陣が動き出していた。

鶴翼に広がる三千ほどの一団が、翼を大きく広げて進んでくる。呼応するように、弓上尊と右滅彦が左右で血煙を上げていた。

「日向め」

思わず口から飛び出した言葉に、菊地彦はにやりとした。

「この俺を囮にするとはな」

だが、分かっているのか。相手は、あの翡翠命だ。この一年、倭を転戦し続けてきた少女だ。場数では、日向を遥かに勝っている。

敵の軍勢が、菊地彦に集中しだした。息もつけぬほどの乱戦になった。どれほどの時を戦っているのか。剣を振るう菊地彦の動きにも、さすがに鈍《なま》りが出てきた。

本番を前に、力を使い切るわけにはいかぬ。鼻から息を抜き、菊地彦は二千の軍兵を百に分け、乱れ撃つように敵に突っこませた。

生じた空隙に、遅れることなく切嶼武が円陣を組む。さすがに、菊地彦の意図をよく読んでいた。円陣の中に駆けこみ、菊地彦は剣を地に突き立てた。

「お怪我は?」

「無いが、喉が渇いた」

切嶼武が差し出してきた竹筒を一息にあおり、菊地彦は単衣の帯をしめなおした。

「出る」

「もう少し、休まれては?」

「日向が動き出す。遅れれば、きつい罵倒が待っておるぞ」

切嶼武が本陣を一瞥し、焦ったように二度頷いた。

「いかに動きます?」

「ここにいる六千を、二つに分ける。お前は四千を率い、日向の方に向かってゆっくりと後退しろ」

「大王は?」

己の頭で考えろと言うか迷い、苦笑した。まだその時ではない。今は、背を見せてやるときだ。

「俺は敵本陣に進む」

「それでは敵は大王に集中します。敵本陣へは私が」

「目先だけ見るな。この動きの狙いは、敵を前後に長く伸ばすことだ。そして、俺とお前の間に敵を充満させる。容易には抜け出せないだろう。だが、そうなれば動けなくなるのは敵も同じだ」

「そこで日向殿が動くと？」

日向の狙っているものは何なのか。すました顔の裏には、猛々しいものを秘めている。

「あの男が狙っているのは、敵の本陣だ」

気勢を上げ始めた日向の麾下に、菊地彦は目を細めた。

「行くぞ」

短く声を発し、菊地彦は駆け始めた。円陣が真ん中で前後に割れた。蝶がその羽を広げるように、徐々に広がっていった。切嶼武と完全に分断された。

口角が吊り上がっていた。

追い詰めたとでも思っているのか。弓上尊と右滅彦が、菊地彦に向かって一直線に駆けてきた。

二人であれば、討てるとでも思ったか。

ささくれた手の甲を一瞥し、菊地彦は雄叫びを上げた。どちらも並の武人ではない。一度は憧れた男と、生涯でも五指に入る腕の持ち主だ。心が震えた。

腕が飛んできた。

右滅彦の剣によって弾き飛ばされた隼人兵のものだ。打ち返し、地を蹴った。斬り上げ、斬り下げる。すれ違いざま、背後から感じた寒気に、思いきり飛び上がった。

足もとを鋭い剣閃が吹き抜けた。

宙でふり返った先、目を細める老将の白髪が、風に揺れていた。その横で倒れた右滅彦が、跳び上がるように立ち上がった。腹から、血を流している。

「俺に、捉われたな」

呟いた瞬間、弓上尊がにやりとした。

前に出て来た。俺を前にして、何故さような顔ができる。二十年前の俺を見ているのだとしたら、見当違いだ。武人が二人、肌が弾けるほどの闘気が、目の前で爆発した。

四の五の考える気が、はるか後方に置き去りになった。肌が、腕が、爪先までの全てが、歓喜している。知覚したのは、そこまでだった。見えないほどの左右の剣閃を躱し、斬りこんだ。

二人の武人と斬り結ぶたびに、鎧が弾け、肌が裂けていく。

これまで出会ったどんな武人よりも、死を近く感じさせた。渇きがうるおされていくのと同時に、それよりも速く渇き始めていることに気づいた。

この二人で、これほど楽しめるのであれば、高島宮のあの時、向かいあっただけで死を悟った翡翠命との殺し合いは、どれほどのものを呉れるのか。

雄叫びを上げ、左手を添えた剣を、跳ね上げた。

兜が飛んだ。

若く鋭い眼光だ。見上げてきた右滅彦に笑いかけ、剣を振り下ろした。力をこめた。が、斬れない。見えたのは、鈍色《にびいろ》に光る帥升の剣だった。二十年前に一度だけ見た宝剣が、菊地彦の剣を受け止めていた。

飛び退り、剣を右背後に構えた。

剣を跳ね返されたのも、二十年ぶりのことだった。右滅彦も十分に強いが、弓上尊には百戦の知がある。惜しむべきは、歳によって失われた力だった。二十年前の弓上尊と戦いたかった。

息を吐き出した。

視界が徐々に広がっていく。

日向が動き出していた。率いる六千全軍が、敵の左翼にぶつかっている。菊地彦の動きによって身動きの取れない敵は、泥土のように崩されていた。

その勢いのまま、日向は敵本陣に到達するだろう。

「お前らの負けだ」

「どうかのう」

汗と血によって固まった弓上尊の白髪が、鮮やかに見えた。

「どういうことだ」

弓上尊の人差指の先、夕焼けの重なる隼人の旗が、揺れた。日向がいた丘だ。目を細めた瞬間、戦場を鋭い刃が斬り裂いた。六千の徒士が、まるで冗談のように真っ二つに割れていた。

逆光の中、菊地彦に向かって駆け下ってくる何者か。

全身の毛が逆立った。日向が敵の切り札と言った三百騎の不知火。八城でぶつかった折も精強だったが、今の猛威は比べ物にならない。

翡翠命も、隼人の本陣を狙っていたのか。互いの狙いが重なり、互いが空ぶりした格好だった。

不意の風に、剣を円に振った。

「無粋ではないか？　弓上尊」

「お主の相手は、儂じゃ」

「老いたお前では、相手にはならぬ」

剣を振りぬいた。後ろに跳んだ弓上尊を庇うように、右滅彦が剣を構えた。

「お前では、もっと相手にならぬぞ。若造。せめてあと五年、修行をつめば相手をしてやる」

「その言葉に乗ってやりたいところだが」

斬りこんできた。躱し、剣をその身体に添えた。右滅彦の呻き声を追うか迷い、菊地彦は息を吐き出した。敵が、退いていく。

日向もまた、撤退の鉦を鳴らしていた。

七

烏が、夕闇を舞っていた。

「今日も、翡翠命は現れなかったな」

不知火の強襲によって荒れた本陣の中で、日向から握り飯を受け取った。

「十日前、我らの本陣に強襲をかけて以来、動きはありません」

「何を考えているのか」

「大王を討つ術でしょう。個の力では討てぬと悟ったのですよ、火神子とやらは。待っていても、もはや火神子が一人大王と斬り結ぶことはありますまい」

諭すような日向の言葉に、菊地彦は顔を背けた。

図らずもそれは菊地彦が思い始めていたことでもあった。

輜重隊を襲った翡翠命は、高島宮で出会った少女と似て非なるものだった。肌が粟立つほどに強いと思える。だが、菊地彦は少女の瞳の中に、己の死を見ることはできなかった。

翡翠命自身も、今の自分では菊地彦に勝てないことを悟ったのではないのか。ゆえに、一人で出てこようとはしていない。

倭に来て二年弱、翡翠命は強大な力を得た。引き換えに、何かを失ってしまったのか。

理を考えるのは、昔から苦手だった。感じるままに生き、戦い、食らう。高島宮で感じた翡翠命の気配は、神がかった何かだった。

「力を得ることで、失うものはあるか?」

握り飯を頬張る日向が、今話しかけるなとばかりに顔をしかめ、飲み下した。

「大王は、自由を失ったでしょう。力かどうかは分かりませぬが、位を得ることによって失うものは間違いなくありましょう」

「翡翠命は、何を失ったのだ」

「私は、大王が高島宮で見た翡翠命の姿を知りませぬゆえ、確かなことは申せませぬ。ただ、末盧を滅ぼした戦を機に、翡翠命の戦い方は苛烈さが鮮明になりました」

視線を向けると、日向は首をふり、握り飯を竹の皮の上に置いた。

「邪馬台、投馬を降した戦ぶりは、ただただ鮮やかでした。敵の憂いを突き、敵味方ともに少ない犠牲で勝利を収めています。それがゆえに、禍根を残しもしました」

「叛乱か」

「左様です。大王が邪馬台の都邑、八城を攻められた時期を境に、邪馬台、投馬では火神子へ抗う者たちが蜂起しました。それは統治む人の器の不足とも言えましょう。火神子の戦い方に、禍根を断つ激しさが加わったのは、そこからです」

「それは、強さのようにも思えるが」

「人としての強さ、です」

肺腑をえぐるような、言葉だった。日向の背後で焚かれた灯火が弾けた。

「喜び、恨み、怒り。八千種《やちぐさ》の思いこそが、人を人たらしめるものです。投馬を降した時までの火神子には、それがありませんでした。邪馬台、投馬を降しても喜ばず、然《しか》るべきこととして上に立つ。戦陣で向かいあった者を恨むこともしない。倭の地にいた者は、火神子を人として弁えることができませんでした」

分かるような、分からないような話だ。だが、日向の言葉は翡翠命の本質を衝いているような気がした。

「弁えることのできぬものを畏れるのが人です。そして、人は畏れを神と敬います」

「八千種の思いを見せてしまったがゆえか」

日向が頷いた。

「弁えさせるような思いを、見せてしまったことが因《もと》でしょう。恐ろしく先の見通せる乙女子です。器だけであれば、往古の帥升にも並ぶやもしれませぬ。倭の民草が火神子に畏れを抱くよう演じていたはずですし、大王が感じられたものが真であれば、翡翠命はさような思いを持ちあわせていなかったのかもしれませぬ」

「末盧の裏切りによって、翡翠命は怒りを知ったと」

そう言いたいのか。問いかけた菊地彦の視線を外すように、日向は顔を背けた。

「神から人へ近づいた、最初の瞬間です。それ以降の翡翠命の苛烈さは、倭の民草が火神子は畏れるべき神ではなく、人であると悟るには十分なものでした。向かいあわれた大王が、翡翠命自身が変わったと感じられたのであれば、やはりそれは、翡翠命が人に近づいたからでしょう」

見上げた空には、雲一つなかった。もしも自分の考えが正しいのならば、と日向が言葉を区切った。

「怒りを露わにした由までは分かりませぬ。ですが、それがなくならぬ限り、翡翠命がもとに戻ることはありません」

だから、諦めろ。言葉の先に続く日向の思いに、菊地彦は深く息を吐き出した。

「大和は」

視線を下げ、菊地彦は日向の細い眉を見据えた。

「侏儒を滅ぼし、長門《ながと》にて全軍を整えております」

「倭に渡るのはいつごろになる」

「大和の都邑、纏向の御真木入日子が動き出したとの報せもあります。天孫という人ではないものを名乗る男です」

人でないもの、という意味では、火神子も同様だった。やはり、あの強さは失われてしまったのか。こみ上げた思いを隠すように、菊地彦は腕に顔をうずめた。

「纏向から長門までは、四十日ほど。荒れる天の気を思えば、春の芽吹きの頃かと」

「早くけりをつけねば、こちらの軍旅が整わぬな。大和は四万を遥かに超えるともいう。隼人からさらに軍兵を集めるにしても時がいる」

「分かっておられるのでしたら」

「日向」

言葉を遮り、菊地彦は溜息をついた。

「なんだかな。気力が失せた」

「はい？」

日向の眉が近づいた。

「お前の巧言に乗せられて大王となり、隼人を一統した。すべては、翡翠命と戦うためだ。俺を斃せるかもしれぬ乙女子と戦うため。だが、それが叶わぬのであれば、俺が火神子と全力で戦う由がない」

「隼人の総大将は、大王です」

「指揮はお前だろう」

領袖二人の睨みあいに、遠巻きにしていた軍兵たちが後ずさりした。麾下の中で、菊地彦とまともに目をあわせられるのは日向だけだ。他の者であれば、一瞥しただけで目を背ける。

どれほど睨みあったのか。不意に日向が首を横にふり、ため息をついた。

「聞き逃しませんでしたよ」

「何をだ」

「大王は、火神子と戦う由がないとおっしゃいました。ならば、その他であれば戦うのでしょうね？」

肩を竦め、舌を出した。

「強ければ、だ」

日向の瞳に怒りが揺らぎ、悲しみとなった。空を見上げた日向が、目を閉じた。

「ならばいいでしょう。私が大王をお迎えしたのは、大和を倭から打ち払うためです。火神子は道中の敵でしかありません。大和と全力で戦っていただけるのであれば、ここは私が決着させます」

「言っているだろう。大和に俺に並ぶ強者がいればだ」

「約束してください」

唸り声が聞こえた。瞼を開いた日向の瞳には、切実なものだけがあった。

「約束してください」

二度、繰り返された言葉に、菊地彦は思わず唾を飲みこんだ。

「何故、そこまでこだわる?」

「何故、こだわらぬのです」

日向が目を細めた。

「生まれ落ちた地で野を駆け、恋をし、山海の恵みを採り育ってきました。己の一世が刻まれている地、失えば二度と手に戻らぬものです。さような地を護りたいと思うのは然るべきことでしょう」

「大和が奪うとは限らぬ」

「丹波道主という男と戦ったことがあるのであれば、分かるはずです」

すぐ傍で麾下の軍兵が死のうと、この男は僅かに瞳を揺らすこともない。隼人の領袖たちからもその冷酷さを恐れられる日向が、その無情な仮面を保てなくなるときがある。

唯一、郷里の滅びを思った時だ。これほどの男でも捉われるものなのか。隼人への想いなど微塵もない菊地彦には、分からない感情だった。

「彼の者の残酷さは、長老たちの長い夜話の中にも出てきませぬ。御真木という全てを無に帰しかねぬ男も」

「吉備津彦という男もいる」

「清廉な男とも言われていますが、御真木の命とあらば、非道な行いも断行するでしょう。かさねて隼人は、纒向から遠く目が届かぬ地です」

日向が拳を握った。

「御真木でなくとも、戦人の国である隼人を滅ぼさずして帰ることはありますまい」

「御真木を倭から追い払う、か。だが、どうする。たとえ一度勝利したところで、唯一の天孫を名乗る御真木が倭を諦めるとも思えぬ。倭と大和の戦は、二十年余続く倭国大乱よりも大きな戦禍をもたらすぞ」

日向が首を横にふった。

「隼人は、戦の国であり、隼人を率いる大王は、並ぶものなき強者です」

日向の目が、鋭く光った。

「この戦で御真木入日子を亡き者にします。倭を狙う者は、何人たりとも、私は許しませぬ」

「そのために、俺を使うか」

日向の気配だけが、ぐっと前に出てきた。

さまざまな者が、日向の向こう側に見えた。草原を駆け、笑いあう大勢の若者たち。浜で貝を採る少女に、話しかけるかどうか迷って頰を染めている。

自分に最も欠けているものが、日向の言葉の中にあった。

「隼人の大王は、まことであればお前のような男が良いのであろうな」

「御戯れを」

「戯れではない。二十年、雲の赴くままに放浪してきた俺には、隼人への想いはない。大王として、郷里を護りたいと想う気持ちも」

「大王でなければ、南の地はまとまりませんでした」

「俺を呼びこんだのは、お前だ。日向」

長い息を吐き出し、菊地彦は立ち上がった。

「約束しよう。大和とは全力で戦うことを。その代わり、お前にも一つ約束してもらう」

火花が、闇に消えた。

「戦が終われば、王位はお前が継げ」

返事を聞く前に、歩き出し、その肩を叩いた。自分ではない。戦えればそれでいいと思うような男が、自分だけの満足を求める者が王でいるべきではない。

言葉にした想いは、驚くほどどうでもいいことだった。

自分を満足させるものは、もうこの世にはないのかもしれない。

一度、胸に押し寄せたはずの波が、どこまでも引いていった。

長髄の剣

一

門司《もじ》からの急使が、さびれた祠の中に駆けこんできた。

雨が降り続いていた。寝る間も惜しんで駆けてきたのだろう。泥まみれの九重彦《ここのえひこ》の顔には、濃い疲労が張り付いていた。

本陣を置く江田《えだ》の小さな祠の中で、翡翠命《ひすいのみこと》は右滅彦《うめつひこ》とともに九重彦と向かいあった。

貪るように飯を喰らう九重彦が、最後の一口を水とともに飲みくだした。

「御見苦しいところを」

「よい。そなたの顔の隈を見れば、苦労をかけていると分かる」

「門司の砦は半ばまで作り終えました。大陸の石垣を設けた砦造り。張政《ちょうせい》殿から頂いた図面は、仕上がりに近づくにつれて驚くような頑強さに」

頭を下げ、両膝に置かれた九重彦の拳が、小さく震えた。

大事のみ直接報せに来るようにと指示を出していた。九重彦が、二度息を吸いこみ、吐き出した。覚悟したように、目を開いた。

「吉備津彦《きびつひこ》が、長門《ながと》へ現れました」

予想の中でもかなり早い時期だった。だが、表情に出すほどの動揺はなかった。頷き、続きを促した。

「物見の報せによれば、二万と号する丹波道主《たにわのみちぬし》を先陣として、同じく二万ほどの吉備津彦が海を越えてきます」

「浮木《うきき》(船)の備えはどうなっていますか?」

「長門周辺の海の民と結んだとも」

四万もの大軍を渡らせるためには、長門の浮木だけでは足りないだろう。かつて、それほどの人数が長門を越えたこともないはずだ。

渡海するだけでも相当の時がかかる。そう思ったが、九重彦の顔にさらなる影が差した。

「大和《やまと》は、巨大な浮木の造営も始めております。主導しているのは吉備津彦と大蛇武《おろちたける》という北の男です」

越国《こしのくに》(現在の新潟県南西部)の大王《おおきみ》であったという男の名だった。かつて隠れ里にいた頃、親交のあった山の民から獣の背に乗る軍勢の話を聞いたことがあった。

倭《わ》に辿り着き、翡翠命自身が騎馬兵をつくったのだ。その猛威が倭の征討の一助となったことは、誰よりも知っている。敵にしたときの、その恐ろしさも。

それを従えたという吉備津彦への恐れが、じわりと滲んだ。

動きかけた心の臓を抑えるように、翡翠命は目を閉じた。

「吉備津彦軍の騎馬の規模は？」

「千を超えない程度かと。指揮する大蛇武は、大彦《おおびこ》という男とともに、吉備津彦軍の副将を務めています」

菊地彦《きくちひこ》を越えたとして、待ち受けているのはさらに大きな敵だということを、改めて突きつけられたようだった。

「丹波道主しかり、吉備津彦しかり。長髄《ながすね》（現在の奈良県桜井市）を滅ぼしたときよりも、一回りも二回りも大きくなっているようですね」

隣で、右滅彦が固唾《かたず》をのんだ。

当時内陸で最大の権勢を誇っていた登美毘古《とみびこ》を、大和は一夜のうちに討ち取った。右滅彦は直接戦い、敗れているのだ。畏れるのは当然とも言えた。

一瞥し、九重彦に視線を戻した。

「全ての指揮を執る者は？」

予想はしていた。外れるとも思っていない。唯一の敵の名を、翡翠命は思い浮かべた。天孫という唯一を名乗る男からすれば、火神子《ひみこ》という唯一を名乗る少女は、確実に滅ぼすべき相手だ。

九重彦が頷いた。

「御真木入日子《みまきいりひこ》本人です。纏向《まきむく》（現在の奈良県桜井市）を発ったとの報せから十日。物見の脚を考えても、じきに長門へ辿り着くかと」

「道中を狙うことは?」

道中で片をつけられれば、御真木の隣にいる左智彦《さちひこ》を直接殺さなくていい。口にした言葉は、そのまま翡翠命の弱さだった。

向かいあえば、激昂し、左智彦を殺したいと思うかもしれない。末盧《まつろ》(現在の佐賀県、長崎県)の裏切りに我を忘れ、剣を振るってしまった事実が重くのしかかっていた。

戦場で左智彦に意識を取られることは、間違いなく隙に繋がる。戦巧者のひしめく大和は、その隙を見逃すほど甘くはない。

察したのか、だが九重彦は首を横にふった。

「隙はありませぬ。手練《てだ》れを千人集めても、なせぬでしょう。纏向を出立した千ほどの軍旅(軍勢)は五つに分かれ、どれも御真木がいるかのように偽装されています。守りは杖刀人《じょうとうにん》と呼ばれる手練れです」

四隅で燃える灯火に目を向けた。動揺しているのか。揺れる炎の影に、自らの思いを重ねあわせた。

浮かんだ言葉を言うかどうか迷い、拳を握った。

「左智彦は、どこです」

問うた言葉は、自分の中にある醜い思いからではない。

そう言い聞かせた。翡翠命と同じく、左慈《さじ》から知の全てを学んだ兄弟子だ。左智彦が敵陣にいるだけで、敵の動きは大きく変わる。

敵を知るための言葉にすぎない。拳にこめられた力が強くなった。

沈黙が流れた。

何を言いよどむことがあるのか。自分を心配しているのか。さようなものは要らぬ。そう言いかけたときだった。九重彦が右滅彦を一瞥し、そして厳しい視線を翡翠命に向けた。

「左智彦は、死にました」

丸太が倒れる派手な音がした。右滅彦が立ち上がっていた。翡翠命が上げかけた声を飲みこむほどの驚きを、右滅彦はその顔に滲ませていた。呼吸が、浅くなった。

灯火の揺れに、翡翠命は自分の動揺を認めた。

「どういうことです?」

右滅彦に座るように促し、翡翠命は視線を九重彦に戻した。

「大いなる罪があったと言われています。断罪は御真木自身の手で下されたとも」

「罪?」

九重彦が頷いた。

「大陸と通じ、大和を滅ぼそうと画策したと伝えられております」

「愚かな」

思わず口にした呟きを心の中で繰り返し、眉間に力をこめた。

左智彦が大陸の使人《しじん》の子で、大陸と結ぼうとしていることを御真木は最初から知っていたはずだ。そのうえで、御真木は大和の政《まつりごと》を担わせ、その興隆を任せてきたのだ。

「他に、由があるはずだ」

漏れ出た声が、震えていた。歯を食いしばると同時、怯えたように身を竦《すく》める九重彦の姿が視界に映った。

唯一を望む者が、左智彦を殺す由はいかなるものなのか。

気付いてしまったその由に、腹の底から震えがこみ上げてきた。脅かす者は、殺さねばならぬ。唯一の地に、取って代わる力を持った者は、全てをかけて滅ぼさねばならない。御真木にとって、左智彦は間違いなく己に取って代わる力を持つ者だった。

悟ってしまうのは、自分もまた唯一を望むからだった。火神子という唯一を。そして、その望みの行きつく先を、御真木は示していた。自分もまた唯一の存在となれば、今まで付いてきた者を殺すかもしれない。

寒いわけでもないのに、全身の毛がぞわぞわと逆立った。

「好機、です」

震えを堪《こら》えるように、言葉を絞り出した。

「吉備津彦や丹波道主は愚かではありません。左智彦の断罪に思うのは、次は自分だという危惧でしょう。今この瞬間、大和には大きな亀裂が入りました」

裏切り者が、死んだ。

湧き起ころうとする喜びを、必死に抑えた。御真木であれば、敵の死を喜ぶことなどしないだろう。

唯一の地に立つことの恐怖が、肌をざわつかせた。付いてきた者を疑い、殺さねば安堵できない。唯一の地に立ち、なお生きるためには敵の死も当然のことと呑みこまねばならない。御真木が立つ地への道は、夥《おびただ》しい骸によって彩られているのだ。

己の道はどうか。

敵を知らねば、勝つことはできない。人のままでいては、御真木を知ることなどできぬ。そう思い定めたがゆえに歩むと決めた道だ。同じ道を歩かねばならぬのか。肌のざわめきは、進まなければならない道への怖れでもあった。

渦巻き始めた思いをふり払うように、翡翠命は立ち上がった。二人の驚いたような視線に、咳払いし、ふたたび丸太の上に腰を掛けた。

視界がぼやけていた。

「勝負を決めます」

大和の影が見え始めた今、迷っている暇はなかった。飲みこんだ唾の音に呼応するかのように、九重彦が頷いた。

「全軍に通達を」

声を出すのも億劫だった。頷き、目を閉じた。

二

祠を出ていく足音がした。

ただ、それは一人分だった。一人にして欲しいという気配を見せれば、右滅彦はどこかへと消えていく。だが今日に限って、その気配は闇の中で強くなっていた。

いや、翡翠命と同じように、動揺しているのか。

大きくなり、そうかと思えば小さくなる右滅彦の気配に、瞼《まぶた》を上げた。

「何故、泣いておられます」

頬に感じた熱さを手で拭い、顔を背けた。

「意が分からぬ」

「ひい様」

「大和の領袖が一人死んだ。ただそれだけのことだ。我らにとって、天佑でもある」

言葉にしたものは、右滅彦に言いたい言葉でも、聞いてほしい言葉でもなかった。

ただ一人、翡翠命をただの少女として、妹として、家族として思っている右滅彦に言いたい言葉は、もっと違うものだった。

灯火が、徐々に小さくなっている。

兄に、言いたい言葉は何なのか。

「私は、弱いな」

祠の周りには、人の気配はない。吐いた弱音が、右滅彦以外に届くことはない。

「かも、しれませぬな」

その言葉が、じわりと心に届いた。

「死を恐れ、隠れ里を逃げ出した」

右滅彦が静かに頷いた。

「西へ西へと丹波道主軍から逃げ、そして生きるためには、戦わねばならぬと気付かされた」

「それで、俺は救われました」

高島宮《たかしまのみや》（現在の兵庫県西部）の燃え盛る平原がよみがえってきた。

「その時初めて、いかにすれば御真木に勝てるのかを考えた」

感じる寒さは、風の冷たさなのか。衣は揺れていない。

「出した答えは、火神子という、人ではない唯一の存在にならねばならぬというものだった。そうあらねば、御真木の見る風光を見ることはできない。戦えぬと思ったのだ」

大和に勝つ術《すべ》は、御真木入日子という代わりのいない唯一の天孫を斃《たお》すことだ。火神子という名が、天孫に並ぶほど大きくなったがゆえ、御真木は纏向から出てきた。

「火神子は、唯一か?」

「御真木を斃せば、そうなりましょう」

「そうなれば、私はどうなるのであろう」

「ひい様は、ひい様です。御真木ではありません」

やさしさの滲んだ声音が、心にまとわりつく靄を揺らした。

「お前は、何でも分かるのだな」

「難しいことは分かりませぬ。が、ひい様のことであれば、俺には分かります」

「左智彦が死んだと聞いて、私は安堵した。左智彦を恨む醜い心と向きあわなくて済む。そう思った」

右滅彦がゆっくりと頷いた。

「左智彦は己の信念を貫いただけであろう。御真木を支えることが、この国の泰平につながり、そして父より継いだ務《つとめ》を果たす道だと信じて。左智彦が長髄を裏切ったがために、長髄が滅びたわけではない。滅びたからこそ、左智彦は大和に臣従した。ただそれだけのことだ」

言葉にすれば分かりきったことだが、容易《たやす》くは割り切れない。いつの間にか、拳を握っていた。

「岩戸彦《いわとびこ》の苦しげな顔が、今でも瞼の裏から離れないんだ。脇腹を槍で貫かれ、夜を引き裂くような悲鳴を上げた童子《わらべこ》の姿が」

「ひい様にとっては従弟《いとこ》にあたる子でしたか」

「隠れ里で、唯一、私を慕ってくれた者だった。伯父上に似て、愚かだった」

愚かで、まっすぐだった。

ゆえに、翡翠命の言ったことを守り、父を護ると隠れ里を出ていった。岩戸彦の死は、彼らを止めることのできなかった、愚かな少女のせいなのだ。分かっていた。だがそれでも彼らの死を、岩戸彦の断末魔の叫びを、誰かのせいにしたかった。

そうして世を見渡したとき、味方だった男が大和にいた。

岩戸彦の死を、左智彦のせいにしたいだけということを、翡翠命は知っていた。裏切りへの怒りを紐解けば、それだけのことでしかない。

だが、それを理解してもなお、納得はできなかった。

考えても、考えても割りきれない。瞼を閉じれば、子犬のように翡翠命の後ろを付いて回っていた岩戸彦の姿が思い浮かぶのだ。

倭に辿り着き、邪馬台《やまたい》（現在の熊本県北部）、投馬《とうま》（現在の福岡県南西部）を手にいれ、倭の北部を制した。手にした力が大きくなるにつれ、岩戸彦の姿が鮮明になっていった。

「なぜだろうな。人でないものになるために、力を手にいれようと決めた。だが、力を手にいれるほど、人に近づいていく。怒りに捉われ、末盧で我を失った」

唇を、嚙みしめた。

「あれほど嫌っていた殺戮《さつりく》を、私自身が引き起こした」

「優しさだけでは国はまとまらず、人の上には立てませぬ」

「人を統治《すべおさ》むことに、厳しさは要る。だがな、右滅彦。末盧の愁嘆は厳しさではない。もっと醜いものだ。左智彦への怒りを、ただ手近にいた弱き者にぶつけただけ。大国に挟まれ、採るべき道のなかった末盧のことなど、何一つ思ってやれなかった」

生き延びるために、人ならざる者でなければと思うほど、人に近づいていく。それを見抜いたからなのか、戦場に向かいあった菊地彦は、剣に力をこめることをしなかった。

考えれば考えるほど情けなく、そして苛立ちがこみ上げてくる。

なのになぜ、お前は――。

「お前は、なぜ微笑んでいる」

翡翠命を見おろす兄の顔には、妹を見守る微笑みがあった。

「俺は左右一対の、長髄の剣です」

懐かしい言葉だ。

だが、右滅彦の口から出たその言葉は、四隅の灯を圧倒するほどの輝きを滲ませているような気がした。その言葉への右滅彦の誇りと矜持が輝いている。

「長髄は、俺がひい様と出会った場所です。そして、もう片方の剣と出会った」

右滅彦が懐かしそうに視線を上げた。

「左智彦は、頭の良い童子でした。十二歳にして、左慈殿の片腕を務め、大人たちへの教鞭をとることもありました。はじめて見たときは、いけ好かない餓鬼だと思ったものです」

右滅彦の言葉は、長髄の大人たちも多かれ少なかれ抱いていた感情だろう。大人たちに二の句を継がせぬほど、左智彦の舌鋒は鋭かった。

「口だけがやたら立ち、決して剣を手に出てこようとはしない。向かいあうたび、俺は苛立ったものです。仕掛けた悪戯《いたずら》はことごとく躱《かわ》され、落とし穴を作れば、逆に誘いこまれ、俺は自ら落ちたこともあります」

淡々とした語りが、思い出の景色に色味を与えていた。堪えようとしたものは何なのか。それが笑みだと気づき、翡翠命は唇をかみしめた。

「よく、仲良くなったものだ」

「二人、山に放り出されたことがあるのですよ。左慈様に。着の身着のまま。手に持っている物は短剣を一振りずつ。名も知らぬ山に連れて行かれ、置き去りにされました」

「爺らしいといえば、らしい」

左慈の教え方は、一見すれば無茶に見えるものも多かった。

「俺が十五、左智彦が十二。まだ夜にさんざめく獣の声に恐怖する歳でした。近くの葉のざわめきに怯え、遠くの鳴き声に身を竦める。どの方角に進めばいいかもわからない中、頼れるのは、あまりに心細い短剣と、左智彦の知だけでした」

知だけでも、武だけでも足りぬ。左慈の目論見は、それを二人に教えることにあったのだろう。術の良し悪しは別として、あの老人が考えそうなことだった。

「百と五日。俺と左智彦が長髄の邑《むら》に戻るまでにかかったときです」

「さぞ仲良くなったろう」

「生き延びるために、互いの考えを言わずとも通じあえるほどには」

心の臓に手をあて、右滅彦が頷いた。

「だからでしょうね。左智彦は深い思いを抱いて、誰もが分からぬような行いをします。いかに賢い大人でも見抜けぬものです。それでも、俺だけは心で分かるようになりました」

それは、一対と言うに相応しい輩《ともがら》の姿だった。

右滅彦が微笑んだ。

「ゆえに、左智彦が髪飾りを購《あがな》うか迷っていたときはもどかしく、張り倒してやりたいと何度も思いました」

笑っている。だが、その瞳の奥には悲しみと、そして何か賭けるような必死さが揺れていた。

「髪飾り、か」

「髪飾りです」

誰に渡すつもりのものだったのか、翡翠命は知っていた。

知っていたからこそかもしれない。ここまで、左智彦という袂を分かった男に対して、心を乱したのは。

「左智彦は髪飾りを懐に仕舞ったまま、ついに渡すことはありませんでした」

右滅彦が長い息を吐き出した。

笑みが、消えていた。大切なことを伝えるとき、右滅彦は左拳を背に隠す癖がある。一瞥し、唾を飲みこんだ。

「俺は、隠れ里の地を知りませんでした」

灯火が、大きく揺れた。

「登美毘古様によって、隠れ里の地は長髄では禁忌とされていました。その所在を知る者は、死した登美毘古様のみ」

温かくなりかけていた血が、凍りついた。

ならばなぜ、右滅彦はあのとき、隠れ里に現れたのか。

「俺に道標を与えた者がいました」

右滅彦の目が、強く光り出した。

「天孫を名乗る御真木は、亡き登美毘古の一族を殺し尽くすため、罠をかける。聡明なひい様は纏向に出向くことはしないだろう。されば、御真木は征討のための軍を送る」

「待て」

「複数に分かれ、大和の都邑《とゆう》を発した軍旅があれば、それが翡翠命を狙う者だ。その中で、獣の毛皮を足に巻きつけた軍がいれば、その軍旅を追え」

抑揚をつけず、常に怜悧な口調で喋る。聞き覚えのある口調に、一人の男が浮かんだ。

「燃え盛る炎の中、その者は俺に言い残しました。必ず、自分がそう仕向けると」

右滅彦の目の光が、さらに強くなった。

「倭に辿り着き、二年が経ちました」

言葉が右滅彦のものに戻った。

「その間に、ひい様は大いなる力を手にされました。邪馬台を従え、投馬を始めとした北方の国々を斬り従えられた。今は枷《かせ》になっているかもしれませぬが、恨みの力は、一統の大いなる力になったはずです」

右滅彦の言葉は、自分に向けられているようで違う。

「そうして今まさに、倭の覇を懸けて隼人《はやと》の菊地彦と向かいあっています。門司を越えた先には、大和の尖兵が結集しつつある。しかし二年、この時があったがゆえ、ひい様は大和と向かいあえるだけの力を手にされました」

何が言いたい。いや、本当は気づいている。右滅彦の考えることなど、手に取るように分かる。だが、頭が知ることを拒否していた。

「二年前、大和の周りには多くの国がありました。吉備津彦と丹波道主が斬り従えることとなった多くの国々が。それぞれが二年をかけた征討です。ですが、もし、向けられた道が逆であれば、いかになったでしょうか。丹波道主軍よりも強大な武を持ち、善政を敷く器を持った吉備津彦が、西征の途にあれば」

絡まった唾を飲みこみ、視線を逸らした。

「片は、もっと早く付いたであろうな」

聞き及ぶ吉備津彦軍の精強さと、北の国々で見せた善政は、大和の領袖の中で吉備津彦の名を大いに高めた。吉備津彦が西征を担っていれば、西国を速やかに征討しただけではなく、それらの地は大和へ従順な国々となっていたはずだ。

耳を塞ぎたくなる悲劇をもたらした丹波道主軍への恨みが渦巻くことも、倭へと逃れてきた者たちが大和へ牙を剝くこともなかっただろう。

右滅彦の瞳が、すっとくすんだ。

「恨みを力へとなし、倭を一統する。そして、己の死で主の中にある恨みを消し去る」

待て。

もう一度言おうとした言葉よりも先に、言葉が空気を貫いた。

「全てが、左智彦の狙いです」

耳鳴りが大きくなった。

揺れる視界を失わぬよう、翡翠命は歯を食いしばった。手が温かなものに包まれた。右滅彦が、その大きな両手で翡翠命の右手を包みこんでいた。

「左右の剣は、失われた言葉ではありません」

遠のきそうになる意識は、隠れ里から幾度も味わった感覚だった。

視界の端が、暗くにじみ始めた。このまま気を失えば、どれほど楽だろうか。だが、それは高島宮で右滅彦を助ける前の翡翠命に戻ることだ。それは赦《ゆる》されない。剣を振り上げたのだ。それだけは赦されなかった。

拳を握りしめると同時に、拳を包む力も強くなった。無意識の中に逃げるな。兄の手が、そう言っていた。

息が浅くなり、そして鼓動がさらに速くなった。

「傍にいることだけが、助けることではない。想い人に、髪飾りを渡す勇気すら持てなかった童子が見せた、何者にも真似のできぬ勇気です」

右滅彦の肩から、不意に力が抜けた。

「左智彦は、ひい様、ひい様の、もう一人の家族です」

右滅彦の何かを賭けたような瞳の意が分かった。

だが、それでは。

握りしめた拳から、鋭い痛みが走った。

「それでは、私は」

思わず出た言葉は、自分ですらも驚くような大きさだった。右滅彦の手をふり払い、空気を裂いた。

「あまりにも、惚《ほうけ》ではないか」

「違います」

「何が違うというのだ」

低い声は、右滅彦の悲し気な笑みの前に震え声となった。

「隠れ里にいた頃、ひい様は己が死して泰平がもたらされるならば、死んでもいいと思っていたはずです。しかし、長髄の滅びを目のあたりにした我らは、戦わねば、長髄と同じ愁嘆が永劫に続くと知りました」

「それが私をたぶらかすことに繋がったのか」

「王は、ただ一人でした」

灯が小さくなった。

「俺と左智彦、そして登美毘古様が後世を託した者は、ただ一人、ひい様をおいて他にはいませんでした」

戯言《ざれごと》を言うな。言おうとした言葉は、だが喉に絡みついて消えた。

「人を従える力。それはひい様にあって俺たちにないものです。率いることと、従えることは似ているようで大きく違います。赤石《あかし》の浜辺で、九重彦はひい様に死を得心させられたと、俺に言いました」

右滅彦の落ち着いた声が、心を逆なでするようだった。

「大王は父であり、母であり、同時に悪しきことを罰する鎌であり、そして敵を薙《な》ぎ払う剣でなければなりません。いくつもの顔を持ち、なかには相反する顔があってなお、それが然《しか》るべきことと思える者が大王なのです。誰よりも死を恐れている。にもかかわらず、死に最も近い戦陣を駆ける。民草に帰る家を与え、降った敵を護るべき民草として迎える器がある。倭の征討で、俺は確信しました」

視界の中で、右滅彦の姿がつかの間なにかと重なった。

右滅彦が目を細めた。

「ひい様の他にはいないのです。俺たちが傍で助けるに値する王は」

右滅彦の鋭い視線を、翡翠命は睨みつけた。

されば。

「左智彦が味方だったとのたまって、どう変わると望むのだ。お前は、左智彦は。私に何を望んでいるのだ」

金切り声にも似た言葉は、だが想いの強さに反して、あまりにも弱々しい声だった。唾が飲みこめなかった。

そんなことは、聞くまでもない。

人は想いに盲目なのだ。恋に煩わされ、怒りに捉われ、快楽に溺れ、人は滅びていく。はるか歴史を紐解けば、人の滅びは想いへの耽溺《たんでき》にあると言ってもいい。

左慈の顔が、目の前にあるような気がした。悲しげな笑みだ。さような顔をするな。床に視線を向け、目を閉じた。

「左智彦は」

右滅彦の言葉を遮るように、首をふった。

「私の中から、恨みを消し去ろうとした。お前はそう言いたいのであろう」

「その通りです」

右滅彦の言葉に、全身が熱くなった。

「左智彦ただ一人を犠牲に、恨みが消えたとして、それで私が納得するとでも思ったのか。もとから味方でした。そんなものを、素直に受け取れと、お前はそう言うのか」

それではあまりに愚かで、童子のようではないか。

想いのままに動き、陰から支えられていることを気づかず、そして気づいたときには支えはいなくなっている。親と、その気持ちを知らぬ童子ではないか。

頰に温かいものが触れた。右滅彦の掌だ。目を開けた視線の先で、右滅彦が微笑み、そして首を横にふっていた。

「髪飾りを渡せずとも、それ以上のものを渡すことができる。ひい様には受け取る力がある。左智彦はそう信じていました。自らを犠牲などと思ってはおりません。家族として、兄としての思いが、そしておそらく微かな恋心が、左智彦を動かし、そして心満ちて死んでいったはずです」

「さような都合の良い――」

「俺には分かるのですよ」

右滅彦の手が、ゆっくりと離れた。

「俺はあいつの、ただ一人の友ですから」

兄の瞳の中に、遠く懐かしき日々が映った。

「己の死に、ひい様が怒ることも知っていたはずです。自分を恨んでいたことに、ひい様が負目を感じるかもしれない。そう弁えてなお左智彦は、ひい様がその死を正しく捉え、そして想いを継ぐと信じていました。ゆえに、長髄を滅ぼす炎の中で、左智彦は俺を送り出したのです。ひい様の傍にいる役柄を託して」

灯火の灯りが揺れたのか。視界が、微かに歪んでいた。

「王を助けることが、左智彦の役柄でした。左智彦はそれを、十二分に果たしたのです」

ゆえに。言葉を絞り出すように、右滅彦が拳を握った。

「どうかひい様。あいつを」

それ以上、言うな。

頬に一筋の涙を感じた時、右滅彦の視線をふりきるように駆け出していた。

三

息が苦しかった。

森の静寂を荒々しく踏みにじっていく。頭上で、鳥が飛び立った。誰に気取られようと構わなかった。滲んでは鮮明になっていく左智彦の顔を消すために、ただ暗闇を求めて走り続けた。

辿り着いた頂の空は、遥かな高さをもっていた。

だが、周りに視界を遮るような峰は一つもない。見渡した虚空からは、煩いほどの星明りが降り注いでいる。

空に飛び出した岩に手をついた。湿った岩肌に舌打ちし、拳を叩き付けた。痛みが、脳まで突き抜けた。腹の底からこみ上げる気持ち悪さと、浅い呼吸が視界をぼやけさせていた。

翡翠命であれば己の死を理解し、前に進むことができる。

なんとふざけた物言いだろうか。翡翠命を育てるために大和へと臣従し、翡翠命に利するよう才を揮《ふる》ってきた。さような都合の良い話があってたまるか。

打ち付けた拳に、血が滲んだ。

左智彦、お前は何を。

長髄の俊英と呼ばれた童子の顔に、翡翠命はもう一度拳を打ちつけた。

左智彦との言議に敗《ま》けたことは一度もない。剣でも、書でも、左慈が持っていた駒遊びでも、一度たりとも敗けたことはない。ともに過ごした四年の間、ただの一度もだ。自分の才をもってしても、大和に臣従し、御真木を操るような真似はできない。命がいくつあっても足りない。それを、自分に一度も勝ったことのない左智彦が成し遂げられるものか。

打ち付けた拳の痛みは、現《うつつ》のものだった。

拳が、岩の上で止まった。指からは血が流れ、苔の上に流れている。瞼から落ちた雫が、血を薄めた。

「お前は」

涙が止まらなかった。

分かっていた。

左智彦が本気になったことなど、一度たりともないことを。

翡翠命と向かいあった左智彦は、滑稽なほどに狼狽《うろた》え、右滅彦がそれを笑うと眉間に皺を寄せた。分かっていたのだ。左智彦が自分に、淡い想いを寄せていることを。翡翠命に本気で勝ちに来ようとしたことなど、一度もないことを。

それでも、俊英と謳《うた》われた左智彦を打ち負かした事実は、気分の良いものだった。手を抜かれていると知りながら、知らぬふりをした。

自分は、まことの左智彦を知らない。

拳の痛みによってこじ開けられた記憶が、その事実を突きつけていた。左智彦がどれほどの才を秘めているのか。二十を超える前から、並み居る大人たちを押さえて登美毘古を輔弼《ほひつ》してきた才は、どれほどのものなのか。

なぜ、自分はあれほど左智彦の裏切りにこだわったのか。考えた疑問は、瞬時に一つの答えを導き出した。そして、その答えは顔から火が出ると思うほど浅ましいものだった。

それは、どこまでも浅はかな妬心だった。

お前は、私を想っていたのではないのか。

左智彦への恨みに、さような思いが混じっていなかったかと問われれば、それを明確に否定することはできなかった。否定できないことが、ただ恥ずかしかった。なんと幼き思いに捉われているのか。

そんなはずはない。言葉で否定しようと、疑念はとめどなくあふれてきた。

涙が、零れ落ちた。拭えなかった。

「阿呆」

落ちた膝に、地面の冷たさを感じた。

頬を伝う涙とともに、抱いていた恨みが抜け落ちていくようだった。抜け落ちた想いの代わりに満たされたのは、どうしようもない愚かしさだった。翡翠命という少女の愚かしさだ。

しかし、聞こえてきたのは冷静な、それでいて温かみのある声だった。

それでいいのです。

遥か彼方の思い出の中にある声は、左智彦のものだった。強き者の隣には弱き者がいて、愚かな者の背には賢き者がいる。それら全てが些細なことで争い、時に血を流して争う。勝つ者と敗ける者。永遠に生まれ続ける両者がともに生きられる地を国と呼ぶのです。

火神子として、倭を治めるのでしょう。

微笑む左智彦に、首を振った。さようなつもりはない。大和を跳ね返せば、倭を治めるべき資格を持った者に引き継ぐだけ。自分は、泰平へのきっかけなのだ。

さようなことができるとでもお思いか。

左智彦の口調が、変わった。隼人を破り、大和を跳ね返せば、倭の民はあなたを唯一の大王として仰ぎ見る。他の誰でもない。あなたが歩んできた道は、火神子という覇王への道です。

あなたしかいないのです。

左智彦の瞳は、どこまでも真っ直ぐに翡翠命を見ていた。

唯一の者として頂に立ちながら、己の愚かさを知り、正しく己の姿を知られた。だからこそ、あなたは御真木に勝つことができる。御真木は自分自身が愚かな存在だと思ったことは一度もないでしょう。この地上で唯一、至高であると自負しています。

ひい様は自身の姿を正しく知り、そして御真木という敵の姿を知ったのです。

滲んだ視界の中に、左智彦の顔がはっきりと映りこんだ。夜だというのに、眩しいほどに白い。目を細めた瞬間、左智彦の顔は霧散した。

星明りさえない暗闇が広がっていた。拳の感覚がない。だが、なぜか恐ろしいとは思わなかった。温かい何かに包まれているような心地よさは何なのか。

ひい様。

聞こえてきた言葉が、別れを告げていた。自分を守ってきた温かなものが遠くへと消えていく。暗闇の中に伸ばした手は、何も摑むことはなかった。だが、温かさが心に満ちた。

あとは、頼みました。

待て。思わず口にした言葉は、闇に吞まれ、消えていった。

星空が戻っていた。煩いほどの星明りは、すぐ前と同じだった。空に見た左智彦は何だったのか。己が作り出した幻なのか。そうだとしたならば、やはり、どこまでも愚かだ。自分を慰めるために、死んだ者を喋らせたのだ。

目を閉じた。暗闇はいつもあるものだった。光のない世に感じるのは、瞼から流れ出る感情だけだった。

瞼を開けたのは、頰が完全に乾いた後だった。

寒空から注ぐ太陽の熱さを感じた。

重い頭を持ち上げ、垂れた黒髪をかきあげた。どれほどの間、ここにいたのか。身体が完全に強張っていた。動かした腕が、じくりと痺れた。

「ひい様」

左智彦ではない。右滅彦だ。声の主をふり返ることなく、翡翠命は痺れる足を無理やり伸ばした。洩れた息が、風に消えた。

陽が、中天に昇っていた。

「どれほどの時、私はここにいた」

「ひい様がここに辿り着かれたのは、陽が昇る前でした」

半日、ここで蹲《うずくま》っていたということになる。空を見上げ、そして息を吐き出した。

「戦陣は？」

「一進一退です。菊地彦は姿を見せていません。しかし、副将の日向《ひむか》が全軍を率いて出てきています」

よろけそうになりながら、何とか立ち上がった。

「こちらの指揮は」

「弓上尊《ゆみかみたける》に任せています」

「そう、ですか」

頭の半分は澄み渡り、もう半分は淀みきっている。両方が混ざりあった。歯を食いしばった。

だが、予想に反して、隅々まで透き通っていった。

「右滅彦」

怒りが滲んでいる。背後で右滅彦が身体を強張らせた。

ふり返り、肩から力を抜いた。微笑みが、自然に浮かんだ。

「髪飾りは受け取れぬ」

風が、髪を巻き上げた。刹那、髪を掴み、剣を走らせた。風の中に、黒いものが舞い上がった。

「似合うほどの長さは無い」

だが。剣を鞘に納め、翡翠命は歩き出した。右滅彦の隣で止まった。

「たしかに、受け取った」

すべて右滅彦の作り話かもしれない。自分の言い訳かもしれない。だが、それでいいと思えた。恨みが消えた。それは間違いのないことで、御真木と戦うためには大切な心だった。

何かに捉われながら勝てるほど、甘い相手ではない。

たとえそれが己の思いこみだとしても、勝ちにつながるのであれば、全てを力に変えるべきなのだ。それができる者だけが、唯一の者となる。

だから。

「左智彦は、いい兄であった」

言葉が風に乗り、舞い上がっていった。涙を流す右滅彦の肩を叩き、翡翠命はふたたび歩き出した。

何があろうと、振り上げた剣は下ろさねばならないのだ。

四

歓声が、戦場を貫いた。

何が起きたのか。起き上がったばかりのぼんやりとした頭に入ってきたのは、地鳴りかと思うような歓声だった。日向や切嶼武《きりしまたける》の出払った本陣を出て、戦場を一望できる丘の中腹まで登ったとき、菊地彦は自分の目を疑った。

昼過ぎまでは、勝利はもはや目の前だったはずだ。

明け方、一万と一万のほぼ同数で戦端は開かれた。日向の前に、全ての戦線で敵を押しこんでいた。なんとか側面を取ろうとする弓上尊を一歩も動かさず、動きの隙を切嶼武が崩していた。陽が落ちる前に、決着する。少なくない諦めとともに菊地彦は不貞寝をしていたのだ。

なのに、これはどうしたことだ。

歓声が、ふたたび爆発した。同時に、味方の右翼が崩壊した。敵の先頭で槍をふるい、隼人の軍兵を次々に宙に舞い上げるのは右滅彦だった。

昨日までとは、戦い方が明らかに違う。

だが、あの男ではない。

心がそう叫んでいた。右滅彦ではない。全ての戦場で押しこまれている。日向が下がり、切嶼武が綻びを必死で修復しようとしている。だが、次々に生じる綻びに追いついていない。

敵の異様な変化は、右滅彦によって起きたものではない。

何が起きた。目を細めたとき、伝令が駆けてきた。息も絶え絶えに菊地彦の前で転倒した伝令兵を持ち上げ、立たせた。

「何があった」

両の瞳がずれている軍兵の頬を、二度張った。瞳に、意識が戻った。

「日向様より。今すぐ戦陣へお向かいください」

「問いに答えよ」

軍兵が震えはじめ、失禁した。

舌打ちし、兵を放り出した。背を向け、歩き出した。何が起きている。駆け出そうと足に力をこめた瞬間、地面に倒れた兵が叫んだ。

「大王の敵が現れたと。日向様が」

言葉が終わる前に、気配が消えた。

気を失ったのだろう。菊地彦への恐怖か、それとも現れた敵への恐怖か。だが、日向の言葉の意は正しく伝わった。

俄かに信じられることではない。だが、戦況を見ればありえないことではなさそうだった。敵の戦意の跳ね上がり方は尋常ではない。戦巧者の日向がなす術なく、勢いに呑まれている。

さようなことができる者を、菊地彦はただ一人だけ知っていた。

姿が、はっきりと浮かび上がった。人でないものだ。高島宮でそう感じた気配は、それまで殺し合っていた敵味方の兵を、ただ一つの号令のもとにまとめ上げた。

ここにきて、ようやく。

駆けながら、少しずつ鼓動が速くなるのが分かった。走っているせいではない。間違いなく、高揚している。駆けるほどに、身体が軽くなっていく。

味方の千を、切嶼武に送った。総崩れを一時は遅らせることができるだろう。一時あれば、自分に斃せぬ敵はいない。

一歩、また一歩、足を踏み出すたび戦場の歓声が近くなる。同時に、鼓動の動きも速くなっていく。周囲には二百人の麾下《きか》が剣を抜いていた。隼人の壁を突破しようとする敵がいた。手を拱けば貫かれ、そのまま挟撃される。

勢いのままに、敵に突っこんだ。一振りで、三人の敵が宙に舞った。

五百ほどの敵が息を呑んだ。菊地彦は、笑った。

「大王を援護」

良く通る日向の叫び声が聞こえた。耳にした瞬間、思いきり踏みこんだ。向かう先は、ただ一点、歓声の中心地だ。斬り上げ、斬り下げた。思うままに剣を振るい、前に進んだ。

敵が崩れていく。

同時に、菊地彦の左右では味方が崩れていく。

歓声の震源は、もうすぐ目の前だった。最後の壁を突き抜けたとき、菊地彦の頬は人生で初めて、恐怖にひきつった。振るった剣にこめた殺気を、雄叫《おたけ》びとともにふり切った。

風が、吹き抜けた。

視界が揺れた。そう思った瞬間、感じたのは背中から突き抜ける痛みだった。自分が、倒れている。信じられない思いのなか、瞳に映ったのは目の覚めるような青空だった。追撃が来る。咄嗟に跳ね起き剣を構えたが、危惧した追撃は来なかった。

鼓動が早鐘を打っていた。

待ち望んでいたものだ。すぐ目の前に現れたものの気配に、全身が狂喜し、そして恐怖していた。頬がさらに吊り上がった。

「翡翠命」

白亜の単衣が、風に揺れていた。

戦場には似つかわしくない。神事を取り仕切る巫女《みこ》のような姿は、その右手に剣を握っていた。

地に立ち、背後には下馬した不知火《しらぬい》が控えている。

呟いた少女の名が、この場の全てを伝えていた。

翡翠命が剣を空に向けた。

否応なしに、地に立つすべての者の視線を釘付けにした。少女が、剣を振り下ろした。

ただそれだけの動作に、左右で巨大な津波のうねりが湧き上がった。一瞬で、左右両翼がのみこまれた。日向と切嶼武の叫び声に、無駄だと少女が首を横にふった。

この姿だ。

手に浮かぶ鳥肌に、菊地彦はまざまざと思い出した。生涯で初めて、剣を向けて殺されるかもしれないと思った。暗闇で剣を執るその姿は、神々しささえあった。その間合いに、自分は踏みこめなかったのだ。

菊地彦が目指した地よりも、遥か先に立っていると思える少女の姿が、目の前にあった。

二度、剣を交えた時とは全く違う。その場にいるだけで空気が震えだすような、凛とした気配に満ちている。

「ようやくだ」

口にした言葉に、翡翠命がしょうがないと微笑んだ。

音が消えた。戦場など、戦の勝敗など関係ない。自分はただ、自分を殺せるほどの敵と戦うために、生きてきた。弓上尊に敗けた童子の時から二十年余、戦場を彷徨《さまよ》ってきた。

脚が、震えていた。

恐怖ではない。喜びだ。いや、恐怖なのか。恐怖だとするならば、これは失うことへの恐怖だ。見つけた相手を、失うかもしれない恐怖。翡翠命の剣が水平になった。来る。肌で感じた瞬間、一切の思考が置き去りになった。

研ぎ澄まされていく感覚の中、音が消え、光が消えていく。その中で、翡翠命の発する鼓動と、姿だけが強くなっていく。

少女が消えた。

刹那、首に絡みつくような殺気を感じた。身を投げ、片手を突いて跳び上がる。鋭い痛みを拭った手の甲が、血で濡れていた。致命となる場所には届いていない。だが、剣閃が見えなかった。

頬を、無理矢理吊り上げた。

菊地彦の剣はあたらない。振るえば振るうほど、遠くなっていく。少女の剣は、見えない。来ると思ったときには、吹き抜けている。感じて躱す。だがすでに全身が切り刻まれていた。

風を打ち返し、距離を取った。少女が舞うように、地に降り立った。

唾を飲みこんだ。

向かいあって分かったことがある。目の前の少女は、人ではない。人知の及ばない何者かだ。でなければ、小刻みに震える拳の由が分からなかった。二十年、菊地彦に剣を向けた敵は一瞬のときもおかず、この世から消えた。何十、何百と繰り返してきた風光だ。倦《う》んでいた。飽きていた。それが然るべき光景だった。

剣を握った。

擦れ違う。まただ。空を切る菊地彦の剣と、身体のどこかを斬り裂いていく翡翠命の剣。自分が為《な》す術も無く斬られ、そして斃される。こみ上げてきたのは、かつてない恐怖だった。待ち望んでいたものだろう。

心が絶叫していた。自分はこんなものなのか。そんなはずはない。怒りが、滾《たぎ》った。全身が、これ以上ないくらい熱かった。息が苦しかった。耐えられないほどに苦しい。だが、まだだ。人はここから先が、まことの力を出せる。

苦しさが心地よさに変わる瞬間がある。

もうずいぶんと踏みこんでいない。踏みこむほどの相手がいなかった。やっと踏みこめる。本気で、剣を揮える。そう思った瞬間、恐怖が消えた。拳の震えが止まった。

鼓動が、少しずつ沈んでいく。

平時よりも遅く、律動する心の臓を感じたとき、苦しさがなくなった。

風の動きが見える。少女の身動《みじろ》ぎまで見える。少女が拳にこめる力を強めた。全ての感覚が鋭くなった。頬に張りつくものが、恐怖ではなく、歓喜の笑みだと確信して、菊地彦は全身の力を剣にこめた。

景色の全てが、漆黒に塗り潰された。

のみこんだ唾が、喉で絡まった。身体が、動かなかった。音が消え、光が消えた。前にも後ろにも動けない。世が時を止めたかのように感じた。

少女だけが、動いていた。

何が起きている。涎《よだれ》が口蓋から落ちたとき、全てを塗り潰すような殺意が降ってきた。腕が、脚が、胴が、頭が、身体の全てが悟っていた。

これが、斃される者の見る風光なのだ。

ゆっくりと前に出てくる少女が、剣を振り上げた。

少女が頷いた。

息を吸いこんだ。刹那、目の前で巨大な火花が弾けた。音が、光が、一瞬のうちに戻ってきた。思わず肩を竦《すく》めるほどに不気味な音が響いた。

天を貫く甲高い音が、戦場の動きを止めた。

敵も味方も身体に力をこめるのを忘れ、ただ一点、空隙となった地で向かいあう二人の軍将を見ていた。仰向けに倒れた菊地彦と、剣を払った少女の姿を。鞘に納める音が響いたとき、地面を鈍い音が貫いた。

少女に断ち斬られた菊地彦の剣が、地面に突き立っていた。

「約は、果たしました」

降ってきた少女の声が、青空の中に響き渡った。

全くの、別物だな。

二十年前にも見た青空とは、全く違うものだった。

身体から力が抜け落ちていくようだった。二十年前、弓上尊に敗けた折に見た青空には、いずれ辿り着いてしまうであろう道がはっきりと見えた。

だが、今視界の中にある青空に感じるものは、遥かな高さだけだった。

それは、翡翠命という少女に勝つことはないという確信なのだろう。戦いを、はっきりと覚えている。本気の剣を振ってはいない。だが、本気になった菊地彦に、手も足も出させなかった。

全てにおいて、自分は敗けたのだ。

「初めての風光だった」

聡明な少女であれば、言葉の意は悟るだろう。

人の上に立ち、そして戦場で剣を振るう姿は兵を高揚させる。己のみが辿り着けると信じていた地よりも、さらに遥かな高みに在る。帥升《すいしょう》と比べることすらできないほどに、大きい。

笑い、そして軋む身体を起き上がらせた。

柄《つか》が拳の中に残っていた。一瞥し、草の中に放り投げた。

戦は止まったまま、菊地彦と翡翠命の戦いの行方に目を凝らしている。日向と切嶼武も、どこかで見ているだろう。翡翠命の背後から、弓上尊と右滅彦が現れた。剣を構え、微塵も油断していない。

「礼を言う」

頭を下げたのは、生涯で初めてだった。一人、顔を天に向けて歩んできた。いかなる艱難があろうと、あごを上げて歩んできた。

自分よりも強い何者かに、行く先を教えてほしいと思ったのは、初めてのことだ。

少女の微笑みに、空気が澄み渡った。

「礼だけですか？」

何もかもを見抜かれている。そう思ったとき、高島宮の燃えさかる丘の上で抱いた予感が何だったのか、はっきりと分かった。

自分は、この少女の姿に覇王を見ていたのだ。

勝者も、敗者も等しく抱擁するかつてない者の姿を。

少女から感じる暖かな空気に、菊地彦はゆっくりと跪いた。首をふり、そして右の拳を、地につけた。そこに抵抗はなかった。

「菊地彦の名の下、隼人の全てを火神子の下へ」

自分ではない。

それはずっと思っていたことだった。王となり、大和を跳ね返し、倭に泰平をもたらすのは自分ではない。日向が望む泰平をもたらす大王は、自分ではない。

戦の前、日向に言った言葉を思い出した。

今にして、はっきりと分かる。それは日向でもない。

目の前の少女をおいて、他には存在しない。日向、それで良いだろう。

もとより、翡翠命と戦ったのは、大王の望みでした。私は最初から盟を結ぶべきだと思っていました。日向の声が聞こえてきそうだった。

盟主ではない。あまねく倭を統《す》べる王だ。

肩に、少女の手が触れた。

「大和は強大な敵です。そなたの力が加われば、心強い。日向、切嶋武」

この声だった。抗うことは、決してできない。敵味方の区別なく、従わせてしまう声だ。

背後、二つの足音が聞こえた。

「それで、いいですね?」

少女の頰に浮かんだ笑みは、背後で二人の男が跪《ひざまず》いたからだろう。二つの気合が空に弾けた瞬間、一斉に歓声が沸き上がった。

雲を吹き飛ばすような歓声だった。隼人でも、邪馬台の兵でもない。

それは女王火神子を讃える、倭の民の叫び声だった。

望倭

風が凪《な》いでいた。

これほど穏やかな海は見たことがない。神の怒りに触れたのではないか、そう怯える老人に御《み》真木《まき》は笑いかけた。

「然《しか》るべきことだ」

口にした言葉に、一片の疑いもなかった。

「余は天の孫である」

ひれ伏す老人の方に麻の衣を羽織らせ、御真木はその肩を叩いた。

丹波道主《たにわのみちぬし》の征討は、長門《ながと》の民を恐怖の底に落としていたのであろう。纏向《まきむく》(現在の奈良県桜井市)から長門へ下ってきた御真木を迎え入れた民は、一欠片《かけら》の抱擁で容易《たやす》く涙を流した。彼らの心を摑むため、丹波道主軍の領袖五人を見せしめに断罪することなど躊躇するほどのことでもなかった。

老人から目を離した御真木は、一人海辺へと歩いた。

倭国《わこく》征討へと向かう旅立ちの日なのだ。

強い日差しのすべてが、身体の中に入りこんでくるようだった。

この国が、いくつもの島からなっていると知ったのは、荒れ狂う海を渡り佐渡島《さどのしま》に辿り着いてすぐのことだった。決して大きくない島々の中にいくつもの国が乱れ立ち、わずかな稲の収穫を奪いあい、争っている。

愚かな者たちがいる限り、この島国に泰平は訪れない。

剣を交えた吉備津彦《きびつひこ》の慟哭《どうこく》が、御真木に進むべき道を示したと言っていい。

粛慎《しゆくしん》(現在の中国東北部)と呼ばれる郷里を捨てたのは、力を求めたがゆえだった。迫る夫余《ふよ》の大軍に、恭順すれば命は助かると宣った一族を鏖殺《おうさつ》し、荒れ狂う海へと挑んだのは、夫余を、その背後に迫る鮮卑《せんぴ》を、そして想像できぬほど強大な中華さえも滅ぼすための力を手にするためだった。

辿り着いた地で力を手にするためには、この国を統一せねばならなかった。

泰平こそが力の源なのだ。郷里がなければ、兵は前に進めない。そして、勝ち続けなければ、兵は剣を揮うことなどできない。泰平を保ち、勝ち続けることこそが、統一への唯一の道だと御真木は信じていた。

だからこそ、敗者など認めなかった。

ふたたび郷里に立つために、遮るものを討ち滅ぼす力を得るために。そして何者にも敗《ま》けぬ力を手に入れるために、唯一の勝者となると御真木は天に誓ったのだ。

粛慎の地から傍にいるのは、丹波道主を含めてもう数えるほどしかいない。多くのものを屍にし、踏み台として、ここまで駆け上ってきた。駆け続けてきた。

そうしてようやくだ。

ようやく、最後の島に辿り着いた。大陸と近く、市人《いちびと》の交わりすらある倭は目と鼻の先だった。倭を押さえねば、常に大陸の脅威に怯えなければならない。だが翻せば、それは大陸への第一歩にもなりうる地だ。

手を、ふり上げた。

刹那、地鳴りのような歓声が沸き起こった。長門の海岸に、どこまでも続くような軍兵の列が、天地の狭間を揺るがす。突き上げられた無数の拳を目に、御真木も拳を握りしめた。

ようやく、ここまで来た。最後まで油断はせぬ。

「いかなる犠牲も問わぬ」

背後に跪《ひざまず》き、御真木の命を待つ二人に聞こえるよう呟いた。

「どれほどの血の雨が降ろうとも。どれほどの邑《むら》が灰になろうと構わぬ」

吉備津彦が立ち上がり、続くように丹波道主が立ち上がった。

ふり返り、二人の軍将に視線を向けた。

大和《やまと》の両翼。

その心柄《こころがら》は正反対だ。誰よりも果敢で、倒れたものにも手を差し伸べる吉備津彦と、倒れた者の頸に刃をあてて笑う丹波道主。どちらかが欠けていても、大和は成らなかった。

丹波道主が恐怖を生み、吉備津彦が手を差し伸べる。

もう一人、自ら剣を執り殺した男がいた。軍政の両略において大和の則《のり》を整え、短い間で諸国を制する力となった男だ。長髄《ながすね》（現在の奈良県桜井市）を滅ぼした折に臣従した左智彦《さちひこ》がいなければ、大和は相次ぐ征討に耐えられなかっただろう。

憂いは、一つとして見過ごさない。

唯一の地に立ち続けたいのであれば、自分を脅かす芽は、根から摘み取らねばならない。親征を進言した左智彦は、御真木にとって憂いの一つだった。

左智彦が翡翠命《ひすいのみこと》に通じていたかどうかなど、どうでもいいことだ。

その才は、御真木をこの地に辿り着かせた剣にすぎない。刃毀《はこぼ》れしそうな危うさを見つけたがゆえに、早々に捨てただけだ。それで敗北するとも思わないが、兵を率いた左智彦が裏切れば、倭でいらぬ苦戦を強いられるかもしれない。

左智彦には、それを為《な》すだけの才がある。

だからこそ、殺したのだ。勝ち続けるために。民に泰平をもたらし、さらなる勝利を手にするために。

王は誰よりも狡猾《こうかつ》である必要がある。

「吉備津彦よ」

「はっ」

「左智彦は大陸の軍旅（軍勢）を引き入れようとしていた。信じたくはなかったが、それが唯一の事実だ」

自分が言い訳じみたことを言っていることに、思わず苦笑した。吉備津彦は、殺すには惜しい。

道具に持つべきでない思いを自覚し、御真木は表情を隠すように天を見上げた。

吉備津彦率いる一万八千の軍勢と、丹波道主率いる二万の軍勢は、この国にかつてない規模の大軍だ。北の大地から駆け続けてきた。歴戦という言葉では生ぬるい。

この軍に勝てる者がいるはずがない。

浮かんだ思考を嘲笑い、御真木は握りしめた拳を解き放った。

二人が、御真木入日子《いりひこ》に勝てるか。その問いに勝てると断定できるのであれば、浮かんだ思いは確かなものだろう。だがそうではない。ならば、自分と並ぶかもしれぬ敵を前に、慢心は一切を捨て去るべきだった。

「火神子《ひみこ》は、強く大きい。これまで向かいあった、いかなる敵よりもだ」

西へ西へと向かう少女の中に、左智彦から聞く話に、御真木は幼い頃の自分を重ねていた。倭の地に現れ、瞬く間に全土を征討した姿は、その思いを確かなものに変えた。

翡翠命は、御真木入日子に並ぶ。

そう確信したからこそ、親征を決意した。目の前の二人も油断はしていないだろう。自分ではそう思っているはずだ。

だが、油断は自分では分からぬものだ。目を細め、御真木は腕を上げた。

縛るのは、恐怖だ。

「丹波道主」

その頬に、手を当てた。動揺が、伝わってくる。

「二度目は、ない」

隠れ里から、翡翠命を取り逃している。たとえそれが麾下《きか》の失態だったとしても、責めを負うべきものだ。その責めが、流刑などという優しいものでないことを、丹波道主はよく知っている。丹波道主が飲み下した唾は、無意識にあったであろう翡翠命への油断であるべきだ。微笑み、手を離した。丹波道主の肩から、強張りが取れた。

「吉備津彦」

手を触れずとも、分かる。

吉備津彦だけは、最初から翡翠命という少女に畏れを抱き、微塵の油断もしていない。翡翠命の中に御真木を見ている男だ。

「刃毀れは、するな」

吉備津彦が頭を下げた。

戦は人によって創られる。戦によって国が成るのであれば、それは人によるものだ。さればこそ、勝者こそが泰平をもたらし、永劫のものへとできる。

「敗者は、いらぬ」

呟きが風に消えたとき、ふり上げた手を、真っ直ぐ対岸に向けた。海岸線に浮かぶ無数の浮木《うきき》(船)が、一斉に動き出した。途切れることのない歓声が動いてゆく。

勝者が創り上げたものこそが、正しいものとなるのだ。

天孫の国に、敗者はいらない。

主な参考文献

（書籍）

石原道博（編訳）『新訂魏志倭人伝・後漢書倭伝・宋書倭国伝・隋書倭国伝』（岩波文庫）一九八五

次田真幸『古事記（上）』（講談社学術文庫）一九七七

『古事記（中）』（講談社学術文庫）一九八〇

岡田英弘『倭国の時代』（ちくま文庫）二〇〇九

多田元（監修）『図解古事記・日本書紀』（西東社）二〇一〇

山北篤『図解日本神話』（新紀元社）二〇一一

山田昌生『神功皇后を読み解く』（国書刊行会）二〇〇三

鬼頭宏『人口から読む日本の歴史』（講談社学術文庫）二〇〇〇

林順治『日本人の正体　大王たちのまほろば』（三五館）二〇一〇

（論文）

小林敏男「邪馬台国と女王国」二〇〇三

渡邉勉「誰が兵士になったのか(1)―兵役におけるコーホート間の不平等―」二〇一四

立川敏明「邪馬台国時代人口の埴原シミュレーション」二〇一四

鈴木亘「古代宮殿建築における前殿と朝堂」一九八七

森山光太郎（もりやま・こうたろう）
一九九一年熊本県生まれ。二〇一五年立命館大学法学部卒業。幼少期より、大伯父から歴史の手ほどきを受ける。二〇一八年、『火神子　天孫に抗いし者』で第十回朝日時代小説大賞を受賞し、デビュー。

卑弥呼《ひみこ》とよばれた少女《しょうじょ》

二〇二一年三月三十日　第一刷発行

著　者　森山光太郎
発行者　三宮博信
発行所　朝日新聞出版
〒一〇四-八〇一一　東京都中央区築地五-三-二
電話　〇三-五五四一-八八三二（編集）
　　　〇三-五五四〇-七七九三（販売）

印刷製本　中央精版印刷株式会社

ISBN978-4-02-251681-7
定価はカバーに表示してあります
落丁・乱丁の場合は弊社業務部（電話〇三-五五四〇-七八〇〇）へご連絡ください。
送料弊社負担にてお取り替えいたします。

朝日新聞出版の本

伊東　潤

江戸を造った男

明暦大火の材木買付、独創的な日本列島海運航路の開発、革新的な大坂・淀川治水工事——江戸の日本大改造の総指揮者、その名は河村瑞賢！　新井白石をして、「天下に並ぶものがいない富商」と唸らせた男の波瀾万丈の生涯を描く長編時代小説！　四六判／文庫判

朝井まかて

グッドバイ

「海はこの世界のどこにでもつながっとるばい」幕末長崎の女商人・大浦慶。大志を胸に日本茶の輸出へと賭けに出た彼女が、大成功と転落のはざまで経たいくつもの出会いと別れ。彼女が目指したもの、失ったもの、手に入れたものとは。　四六判

木下昌輝

まむし三代記

法蓮房は国盗りの大望を秘めて美濃を目指し、土岐家内でのし上がる。野望を受け継いだ二代はついに美濃国を奪取し、斎藤道三を名乗る。親子二代にわたる国盗りの大いなる武器「国滅ぼし」とは？　その真実に行き着いた三代目・義龍の決断とは？　四六判

宇江佐真理

うめ婆《ばあ》行状記

北町奉行所同心の夫を亡くした商家出のうめは、独り暮らしを楽しもうとしていた矢先、甥っ子の隠し子騒動に巻き込まれ、ひと肌脱ぐことを決意するが……。笑って泣いて――人生の哀歓、夫婦の情愛、家族の絆を描いた宇江佐文学の最高傑作！

文庫判

葉室　麟

星と龍

悪党と呼ばれる一族に生まれた楠木正成の信条は正義。近隣の諸将を討伐した正成は後醍醐天皇の信頼を得ていくが、自ら理想とする世の中と現実との隔たりに困惑し……。著者最後となった未完の長編小説。安部龍太郎氏による詳細な解説を収録。

四六判

吉川永青

ぜにざむらい

金もうけが大好きで、趣味はためた銭を畳に広げそのうえで寝転がること。そして戦はめっぽう強く、伊達政宗と直接打ち合って退けたこともある。戦国末期の実在の武将、岡左内の痛快な半生を描いた著者の新境地!! 歴史学者・小和田哲夫氏推薦。

四六判